VIENS DANS MES RÊVES

Viens dans mes rêves

Michelle Cambards

Viens dans mes rêves

roman

Cercle
Arc-en-Ciel
Romanesque
17, rue Remy-Dumoncel Paris 14

CHAPITRE PREMIER

Il était un peu plus de midi quand Patricia Darmont rentra de sa tournée de soins.

Depuis sept heures du matin, au volant de sa R-16, l'infirmière sillonnait les rues de la ville et les routes de la campagne avoisinante. En cette période de fin d'année, particulièrement froide et humide, il y avait une recrudescence de malades dans la région.

Durant toute la matinée, la jeune femme avait couru d'une maison à l'autre ; ici pour faire une piqûre ou une prise de sang, là pour changer les pansements d'un blessé ou d'un opéré...

Maintenant, Patricia se réjouissait à l'idée de passer un moment de détente en compagnie de ses deux petites filles : Nathalie, sept ans, et Laurence, cinq ans.

Elle s'accordait toujours une bonne heure pour déjeuner avec elles. Leur turbulence, leur curiosité sans cesse en éveil, leurs bavardages et leurs questions, chassaient de son esprit le triste spectacle des souffrances et des misères humaines qu'elle côtoyait du matin au soir.

Puis, comme si les « petites » lui avaient insufflé des forces toutes neuves, Patricia repartait prodiguer des soins à ses patients, avec une douceur et un dévouement qui lui attiraient le respect et l'estime de tous.

L'infirmière pénétra dans la maison par la porte de la cuisine où Jeannette, sa jeune employée, achevait de préparer le repas.

Celle-ci l'accueillit avec sa bonne humeur habituelle et lui demanda avec un sourire :

— Pas trop fatiguée ?

— Non. Ça peut aller...

— Les filles sont dans le living. Le déjeuner sera prêt dans un quart d'heure. J'ai noté trois appels, et il y en a deux sur l'enregistreur que j'ai branché quand je suis allée faire les courses. La femme de ménage était pourtant là, mais elle refuse obstinément de répondre au téléphone.

— Et jamais elle ne répondra ! Tu peux la tarabuster tant et plus : elle en a peur, dit Patricia du vestibule attenant à la cuisine.

Elle retira son parka, jeta un regard au blocnotes posé près du téléphone et donna un coup de peigne à ses cheveux châtains, courts et frisés.

Puis elle se dirigea vers la salle de séjour, en songeant, une fois de plus, qu'elle avait en Jeannette une véritable fée du foyer. Elle décida de l'augmenter dès le premier janvier.

Pour une fois, Nathalie et Laurence ne se disputaient pas. Assises sur le canapé, elles chuchotaient avec un grand sérieux et s'interrompirent dès que leur mère franchit le seuil de la pièce.

— Bonjour, les filles ! lança-t-elle gaiement. Qu'est-ce que vous vous racontez avec cet air mystérieux ? Un secret ?

Nathalie et Laurence coururent vers leur mère qui les embrassa tendrement. Patricia se laissa tomber sur le canapé, où elle fut aussitôt rejointe par les deux petites.

— Alors, qu'as-tu fait ce matin ? demanda-t-elle à Nathalie.

Celle-ci énuméra diverses activités. Ensuite, l'infirmière se tourna vers Laurence, qui allait à l'école maternelle, et lui posa la même question.

— J'ai dessiné et j'ai joué, répondit la petite, l'esprit visiblement ailleurs.

Elle ne quittait pas sa sœur des yeux et son regard semblait ordonner : « Vas-y, dis-le à maman, toi... »

Nathalie hésitait visiblement à se lancer. Elle hochait la tête en signe d'assentiment, mais aucun mot ne sortait de sa bouche.

Laurence se mit alors à grimacer et à esquisser des gestes d'encouragement. Bref, une véritable mimique s'établissait entre elles.

— Avez-vous fini, toutes les deux ? s'écria Patricia. Qu'est-ce que c'est que ce manège ? Vous m'agacez, à la fin !

— Dis-le, Nathalie, intima Laurence qui possédait sur son aînée une incontestable autorité.

Bonne pâte, Nathalie cédait presque toujours. Parfois, les choses tournaient au pugilat, mais la petite était toujours gagnante et sa sœur ne lui en gardait jamais rancune.

— Tu te décides ? ordonna l'infirmière, énervée. J'ai horreur de ce genre de cirque.

Nathalie s'empourpra légèrement, avala sa salive et commença :

— Ce matin, à l'école, la maîtresse nous a parlé de Noël. Elle nous a raconté l'histoire des grands-mères...

— Quelles grands-mères ?

— Celles que des enfants qui n'en ont pas ont invitées chez eux, pour Noël, l'année dernière. La maîtresse de Nathalie en a vu une à la télévision...

Patricia se souvenait très bien de ces vieilles dames qui avaient effectivement été reçues dans divers foyers.

— Oui. Et alors ? Vous n'avez pas de grand-mère à inviter, puisque vous en avez une à Paris, chez qui vous irez le premier janvier. Evidemment, à l'hospice, il y en a sans doute...

De nouveau, Nathalie avala sa salive et coupa gravement :

— Nous, ce n'est pas une grand-mère que l'on voudrait inviter, c'est un papa.

— Oui, répéta Laurence, on voudrait un papa pour Noël.

De saisissement, Patricia demeura muette.

VIENS DANS MES REVES

— S'il te plaît, maman, invite un papa pour Noël, supplia Laurence.

Le cœur de la jeune femme se serra. Elle avait du mal à supporter le regard implorant de ses filles, surtout celui de Laurence, qui ressemblait tant à son père...

Elle fit un effort pour garder une attitude impassible :

— Mes chéries, vous me demandez là quelque chose que je ne peux pas vous accorder.

— Si les enfants qui n'ont pas de grand-mère en trouvent une pour Noël, pourquoi ceux qui n'ont pas de papa n'en trouveraient pas un aussi ? insista Nathalie. On sait bien que ce ne sera pas le vrai. Ce serait un papa juste pour Noël. Laurence a tellement envie de savoir l'effet que ça fait, d'avoir un papa.

— Oh ! oui, maman ! Invites-en un, seulement pour le déjeuner...

Patricia ne savait pas refuser grand-chose à Laurence. L'année précédente, trois ans après la mort de Pierre, elle avait failli la perdre, elle aussi. Depuis, elle n'osait la contrarier. Tout en criant un peu pour la forme et pour soulager ses nerfs, elle ne sévissait pas autant qu'il eût été parfois nécessaire.

En outre, comme Patricia était juste, Nathalie bénéficiait, tout comme sa sœur, de l'excès d'indulgence de leur mère.

Les deux filles l'observaient, les yeux candides,

inconscientes de la tempête qu'elles soulevaient dans le cœur de Patricia.

Sans bien s'en rendre compte, les petites pensaient néanmoins qu'avec ruse et patience, elles arriveraient à leurs fins. Ne réussissaient-elles pas toujours ?

Cependant, cette demande d'un papa pour Noël ne semblait pas obtenir le consentement de Patricia, et elles ne comprenaient pas trop pourquoi.

Nathalie et Laurence savaient bien que leur père était mort, mais elles ne pouvaient en éprouver un réel chagrin. L'aînée avait tout juste trois ans et la petite à peine un an, quand Pierre Darmont s'était tué dans un accident de voiture. Seule, Nathalie pouvait peut-être avoir conservé quelque souvenir de son père, et encore... Il y avait déjà quatre ans que Pierre avait disparu.

Laurence grimpa sur les genoux de sa mère et se blottit contre elle.

— Dis, maman, tu vas nous trouver un papa pour Noël ?

Excédée, Patricia repoussa la petite sur le canapé.

— J'ai dit non, et je ne veux plus entendre parler de ce caprice.

Laurence se mit à pleurer, et sa sœur l'imita. Jeannette, en les appelant pour déjeuner, fit un peu diversion, mais le repas se déroula dans une atmosphère morose, ce qui n'arrivait pratiquement jamais.

Comme Jeannette s'étonnait des larmes de Laurence, Patricia lui en expliqua le motif. Les sanglots de la petite redoublèrent.

— Cesse de pleurer, mange tes nouilles. Toi aussi, Nathalie, ordonna l'infirmière, de plus en plus nerveuse.

La tête penchée sur leur assiette, les filles reniflaient en mâchonnant interminablement la même bouchée.

Déconcertée, Jeannette ne savait que dire. Elle comprenait combien l'étrange désir des petites pouvait être douloureux pour leur mère. Mais elle comprenait aussi le désarroi de Laurence et de Nathalie : jamais Patricia ne s'était montrée si injuste à leur égard.

Parfois, certes, elle était un peu coléreuse mais elle savait se dominer à temps. Or, ce jour-là, l'infirmière se contrôlait difficilement.

Elle dut le sentir, car, avant la fin du déjeuner, elle jeta sa serviette sur la table et articula d'une voix tremblante :

— Je m'en vais. Jeannette, tu accompagneras les filles à l'école.

A présent, Patricia avait, elle aussi, envie de pleurer, de prendre les petites tout contre elle et de mêler ses larmes aux leurs.

— Oui, il est temps que je parte... ajouta-t-elle presque tout bas.

Elle se pencha pour poser un baiser sur les

cheveux blonds de Laurence et les cheveux châtains de Nathalie, effleura rapidement la joue de Jeannette et disparut.

⁂

Le soir, quand Patricia revint chez elle, très fatiguée, Jeannette lui apprit que Laurence était couchée avec une forte fièvre.

— Elle n'a pratiquement pas prononcé un mot depuis son retour de l'école, si ce n'est pour se plaindre de la tête, expliqua Jeannette. Mme Taverny, qui a ramené les petites comme d'habitude, m'a dit que Laurence avait pleuré presque tout le temps pendant les cours. Je pensais téléphoner au groupe médical, mais je me suis souvenue que le Dr Fontaine devait passer ici en fin de journée. Vous l'avez invité à prendre l'apéritif.

Patricia consulta sa montre.

— Il ne devrait pas tarder, il est sept heures et demie.

Quand sa mère entra dans la chambre, Laurence ouvrit ses yeux battus et posa sur elle un regard triste puis les referma avec un soupir. La petite était rouge comme une pivoine.

Assise sur une chaise, à côté du lit de sa sœur, Nathalie semblait toute désemparée et son visage portait également des traces de larmes récentes.

Patricia embrassa l'aînée et se pencha vers Laurence. Elle posa sa main sur le front de l'enfant : il était brûlant.

— Tu as mal ? s'inquiéta l'infirmière, en se souvenant avec horreur de la méningite de Laurence, un an auparavant.

Laurence grogna sans répondre. Nathalie dit à sa place :

— Pas tellement, juste un peu, parce qu'elle a beaucoup pleuré.

Patricia se mordit les lèvres. Une contrariété ne déclenche tout de même pas une grave maladie...

Elle avait beau être infirmière, quand ses filles avaient le moindre bobo, elle paniquait.

Et lorsque le Dr Eric Fontaine pénétra dans la pièce, il trouva une mère démoralisée, en compagnie de deux petites filles plus mornes l'une que l'autre.

— Eh bien ! Que se passe-t-il, ici ? interrogea-t-il.

Agé d'une trentaine d'années, les cheveux bruns, les yeux bleu pâle, le Dr Fontaine était plutôt beau garçon, mais il était doté d'un caractère bourru, parfois même agressif, surtout envers les femmes, dont il était las de soigner les dépressions. En revanche, avec les enfants et les grands malades, il savait faire preuve de patience et de douceur.

En vérité, Eric Fontaine était d'une extrême timidité. Mais depuis dix-huit mois qu'il exerçait dans la petite ville, il avait su se faire une belle clientèle. Son diagnostic était des plus sûrs et son côté irascible ne rebutait que les faux malades.

Comme Patricia semblait ne pas avoir entendu sa question, c'est d'une voix professionnelle qu'il reprit :

— Allons, expliquez-moi ce que vous avez constaté chez Laurence. Etait-elle enrhumée ces jours-ci ? Où a-t-elle mal ? Jeannette m'a dit qu'elle avait une forte fièvre.

Machinalement, l'infirmière répondit aux questions de Fontaine. Puis celui-ci ausculta l'enfant et l'examina longuement.

— Bon. Pour l'instant, je ne vois rien de particulier. Je vais vous faire une ordonnance. On va juste lui administrer un léger calmant. Si demain la fièvre n'est pas tombée, nous aviserons. Mais cela m'étonnerait.

— Vous ne croyez pas qu'elle pourrait à nouveau...

— Je ne crois rien du tout, coupa sèchement le médecin. Les enfants ont parfois de fortes poussées de fièvre pour une bagatelle, une simple contrariété. Surtout les sujets sensibles, nerveux et trop gâtés comme Laurence.

Eric Fontaine se pencha sur la petite fille, lui posa quelques questions auxquelles elle répondit volontiers.

— Essaie de dormir, ordonna-t-il en se redressant.

D'un signe de tête, il invita Patricia à l'accompagner dans la salle de séjour.

— Vous êtes complètement folle, lui dit-il, dès qu'ils furent seuls. Aucun indice ne permet de supposer que Laurence souffre de troubles méningés. Je vous le répète : une simple contrariété...

— Oui, je sais, interrompit l'infirmière. Nous verrons demain matin. Asseyez-vous, vous allez bien prendre quelque chose ? Vous savez où sont les bouteilles, servez-vous pendant que je vais chercher la glace et demander à Jeannette de faire un saut chez le pharmacien.

Quelques instants plus tard, Patricia réapparut et s'assit sur le canapé où Eric était installé.

— Je suis éreintée, soupira-t-elle, le front soucieux.

— Vous devriez vous reposer. C'est vous qui allez tomber malade, prophétisa Fontaine. Quant à Laurence, plus je réfléchis, plus je crois à un caprice insatisfait, ou quelque chose de ce genre. L'avez-vous récemment punie ou lui avez-vous administré une fessée, ou encore refusé un jouet ?

— Non, non, mentit vivement Patricia.

Pour rien au monde, elle n'eût confié au médecin l'histoire du « papa pour Noël ». Cette brute de Fontaine était incapable de comprendre aussi bien ses sentiments à elle que ceux de Laurence. En outre, il lui aurait reproché ses méthodes d'éducation :

« Vous êtes beaucoup trop faible avec vos

filles. Et le jour où, enfin, vous ne leur cédez pas, c'est la catastrophe ! »

Encore heureux si, profitant de l'occasion, il ne se permettait pas d'ajouter qu'elle devrait songer à donner un second père à ces petites. Un père comme lui, peut-être ?

Cette idée la fit frémir, et l'infirmière n'eut plus qu'un désir : se débarrasser au plus vite de la présence du médecin.

Comme il achevait de vider son verre, elle consulta sa montre.

— Mais excusez-moi, mon cher Eric ! s'exclama-t-elle. Vous avez certainement encore des visites à faire et j'abuse de votre temps. Merci pour Laurence...

Le médecin se leva.

— Je vous prie, c'est tout naturel. Je téléphonerai dans la matinée... dit-il avec raideur, en lui serrant la main.

Sans attendre de réponse, il tourna le dos à Patricia et traversa la pièce.

— Ah ! j'oubliais, reprit-il en s'arrêtant devant la porte. Il faut que vous alliez demain matin à la Haute-Folie. C'est dans la forêt de la Ferté. A deux kilomètres après Bercourt, vous tournez à gauche sur un chemin privé qui mène à un ancien pavillon de chasse, transformé en résidence secondaire. Faites bien attention, il n'y a aucune pancarte pour indiquer la propriété, et le chemin est mauvais. C'est pour une série de piqûres et de pansements. Le client, un nommé

Antoine Melville, s'est blessé en nettoyant son revolver. La plaie s'est infectée. N'oubliez surtout pas d'y aller de bonne heure. Ce soir, je lui ai fait une piqûre, je pense que ça ira.

— Tentative de suicide ? questionna Patricia, reprise par la déformation professionnelle.

Fontaine haussa les épaules.

— Comment voulez-vous que je le sache ? Je ne suis ni le confesseur ni l'ami intime de ce Parisien, et c'est la première fois que je le vois.

Puis il referma la porte derrière lui.

— Ce que cet homme peut être désagréable ! soupira l'infirmière.

En attendant le retour de Jeannette, Patricia se rendit dans la chambre des filles.

Laurence suçait un coin de mouchoir et Nathalie répétait tout haut une fable de La Fontaine.

— Va donc apprendre ta leçon dans la salle, ordonna l'infirmière en s'asseyant au pied du lit de la « petite ».

En marmonnant entre ses dents, Nathalie obéit à sa mère. Celle-ci se pencha vers Laurence.

— As-tu faim ou soif ?

L'enfant secoua la tête en signe de dénégation.

Son visage fermé, douloureux, désolait Patricia. Elle lui eût proposé la lune en échange d'un sourire.

La lune ? Ou bien ce « papa pour Noël » qui lui tenait tant à cœur ?

Après tout, si Fontaine avait raison, en cédant

au désir de Laurence, elle pouvait espérer une guérison rapide. N'était-ce pas là le principal ? Il serait toujours temps d'aviser par la suite.

— Ecoute, j'ai réfléchi, je vais essayer de trouver un papa pour le déjeuner de Noël, murmura-t-elle, consciente des complications dans lesquelles elle se lançait. Seulement, il faudrait que tu sois guérie. C'est bientôt Noël et je ne pourrai inviter personne si tu as encore de la fièvre.

Laurence retira son mouchoir de sa bouche et esquissa un sourire vite réprimé.

— Je serai guérie, affirma-t-elle gravement.

Elle le fut effectivement, bien avant Noël. Une heure plus tard, elle réclamait un repas et se disputait avec sa sœur.

Le lendemain matin, elle s'éveilla fraîche et rose, comme si rien ne s'était passé.

Quant à Patricia, si son soulagement était immense, elle n'en avait pas moins le sentiment d'avoir été, une fois de plus, victime de sa faiblesse et de son aveuglement à l'égard de sa plus jeune fille.

Maintenant, elle devait tenir sa promesse... Cela n'allait pas être facile.

CHAPITRE II

— C'est bien la dernière fois que je me laisse piéger par cette petite chipie ! affirma Patricia en reposant sa tasse de café.

Jeannette eut un sourire incrédule.

— Vous croyez ?

L'infirmière se leva et reconnut :

— Je sais, je suis trop faible. Mais là, elles ont vraiment exagéré, toutes les deux. Le plus terrible, c'est qu'il faut que je tienne ma promesse.

— Et qui allez-vous inviter pour le déjeuner de Noël ?

— Je n'en ai aucune idée, répondit Patricia en enfilant son parka. Je vais y réfléchir pendant ma tournée... Je ne vois personne qui soit susceptible de tenir ce rôle.

— Le Dr Fontaine ? hasarda Jeannette, sachant d'avance qu'elle allait faire bondir sa patronne.

Elle ne s'était pas trompée.

— Pourquoi pas Croquemitaine ? s'indigna Patricia. Non, il faut quelqu'un de charmant, d'amusant. Eric Fontaine n'a aucune fantaisie, il sait à peine sourire et, de toute façon, il n'accepterait pas.

Sur ce, l'infirmière se saisit de sa trousse et quitta la maison, s'armant de tout son courage pour commencer une longue journée de travail.

Dehors il faisait encore nuit. Une froide nuit de décembre, saturée d'humidité.

— Je ne suis pas en avance ! s'inquiéta Patricia en sortant du garage, au volant de sa R-16.

Le matin, de bonne heure, elle commençait par les prises de sang et allait aussitôt déposer les flacons au laboratoire. Il fallait faire vite pour ne pas laisser trop longtemps les malades à jeun.

Pendant cette première partie de son travail, Patricia n'eut guère le temps de chercher dans sa tête l'oiseau rare capable de tenir intelligemment le rôle de « papa » au déjeuner de Noël.

Quand elle prit la route pour effectuer sa tournée en campagne, elle eut enfin le loisir de réfléchir et de faire le tour de ceux à qui elle pouvait adresser cette étrange requête.

A Verneuil, où elle s'était installée depuis la mort de son mari, elle connaissait à peu près tout le monde. Cependant, quand elle eut exclu les trop jeunes, les trop vieux, les hommes mariés et pères de famille, il ne restait pratiquement personne à inviter.

Il y avait bien un professeur du lycée qui eût fait son affaire mais, comme la plupart des enseignants, il quittait la ville pendant la période de vacances.

Pas question de demander au Dr Fontaine. D'ailleurs, comme elle l'avait dit tout à l'heure à Jeannette, celui-ci eût certainement refusé. Un refus accompagné de sarcasmes.

En outre, pour entrer dans le jeu de Laurence, il était préférable que ce « papa » fût un inconnu. Quelle déception pour la petite, si elle voyait s'installer à table cet ours d'Eric Fontaine !

— Si j'en parle à Anne Taverny, elle se moquera de moi, elle aussi, murmura l'infirmière, désolée.

En effet, il était inutile de s'adresser à son amie Anne. Elle aurait ri à perdre haleine et n'aurait pas compris.

— Quant à maman, ce serait la catastrophe : elle me trouverait parmi ses amis anciens combattants, un colonel, qui me parlerait de ses campagnes et ne manquerait pas de me proposer le mariage avant qu'on n'en soit au dessert.

Bref, l'infirmière était très embarrassée. Mais elle abandonna ses cogitations en sortant de Bercourt. Il ne fallait pas manquer le chemin privé que Fontaine lui avait indiqué.

Patricia aimait beaucoup la forêt de la Ferté. En automne, quand elle avait deux heures de liberté, elle allait y cueillir des champignons. L'été, pendant les vacances, il lui arrivait de pique-niquer avec les filles au bord d'un des étangs « interdits au public ».

Elle pouvait s'y installer grâce aux autorisations que lui accordaient les propriétaires ou les gardes, heureux de la remercier des soins et autres gentillesses qu'elle avait eus pour eux ou pour des membres de leur famille.

L'infirmière ne connaissait pourtant pas ce chemin ni cet ancien pavillon de chasse où l'attendait son nouveau client. Rien de surprenant à cela : il y avait beaucoup de résidences secondaires dans la région et, sauf en cas d'accident ou d'urgence, les propriétaires, presque tous parisiens, se faisaient soigner dans la capitale. En outre, la partie de la forêt où se trouvait la « Haute Folie », était à l'opposé de celle où elle avait l'habitude de se rendre.

A deux kilomètres de Bercourt, elle découvrit le chemin. Il ressemblait plus à une allée forestière qu'à une voie d'accès à une propriété.

Patricia engagea la R-16 en se demandant si l'auto n'allait pas rester embourbée dans ce chemin défoncé, couvert de flaques d'eau.

Cahin-caha, cramponnée à son volant, l'infirmière parcourut presque six cents mètres avant de découvrir enfin le pavillon de chasse ou, plutôt, ce qui avait été à l'origine un pavillon de chasse.

Seuls, les murs en belle pierre blanche de la partie gauche de la maison devaient être les vestiges de ce genre de construction du XVIIIe siècle, comme on en rencontre dans certaines forêts domaniales.

Cette aile gauche, formant une sorte de tour carrée à un étage, était flanquée d'un bâtiment tout en longueur, ne comportant qu'un rez-de-chaussée.

L'ensemble n'était ni laid ni beau, mais triste, sévère, et donnait une impression d'abandon. A droite, un pré descendait en pente douce vers un rideau d'arbres, à travers lesquels Patricia put apercevoir un étang. A gauche, il y avait un jardin potager et, tout autour, la forêt.

Patricia rangea son auto devant la maison, à côté d'une Alfa-Roméo immatriculée à Paris.

L'infirmière constata que ce qu'elle présumait être la voiture de son client était encore plus sale que la sienne. Non seulement elle était maculée de boue mais elle était recouverte de cette poussière graisseuse, particulière aux grandes villes.

Patricia gravit rapidement les quatre marches du perron et sonna.

— Qui est là ? demanda une voix d'homme, un peu rauque.

— Madame Darmont, l'infirmière que le Dr Fontaine envoie chez M. Melville. C'est bien ici ?

— Oui, veuillez patienter un instant.

Il y eut un bruit de verrou, de barre de sûreté que l'on déplace qui étonna la jeune femme. « Ils ont bigrement peur d'être cambriolés, là-dedans ! », se dit-elle.

La porte s'ouvrit enfin et Patricia se trouva en face d'un homme brun, âgé d'une trentaine d'années, qui se tenait debout à l'aide de deux cannes. Bien qu'il fût grand et fort, il avait l'air fatigué au point de paraître fragile. Il portait une épaisse moustache noire, mais son menton, à moins qu'il ne désirât laisser pousser sa barbe, avait nettement besoin du rasoir.

— Excusez-moi, je dormais, dit-il avec un sourire crispé. Le docteur m'a donné, hier soir, un somnifère...

— Ce n'est pas grave. J'ai l'habitude.

— Entrez, je vous en prie, ajouta-t-il en s'effaçant pour la laisser passer.

Patricia pénétra dans une sorte de vestibule. A gauche, en prolongement mais en contre-bas, donnait une grande pièce dont le plus bel ornement était une immense cheminée datant certainement de l'époque où le rendez-vous de chasse avait été construit. En revanche, l'ameublement y était d'une banalité déconcertante : un canapé, deux fauteuils entourant une table basse devant la cheminée. Aux murs, quelques gravures insignifiantes, un râtelier à fusils, une tête de cerf. Plus loin, un meuble-bar et un coin salle à manger.

Il régnait dans la pièce un désordre indescriptible. Le ménage n'avait pas dû être fait depuis longtemps...

Au fond du vestibule, un escalier conduisait au premier étage situé au-dessus de la grande pièce.

Melville poussa une des deux portes qui s'ouvraient sur le côté droit de ce vestibule, faisant face à la pièce principale.

— Ma chambre, annonça-t-il.

A cloche-pied, il alla se jeter sur le lit.

— Ouf ! soupira-t-il. Vous commencez par les pansements ou la piqûre ?

— Vous avez une préférence ?

— Non.

Patricia fit d'abord la piqûre qu'elle savait indolore, puis elle entreprit de nettoyer la plaie qui se situait au ras des côtes, du côté gauche.

— Je ne vous fais pas mal ?

— Pas du tout, affirma Melville. Vous avez des mains épatantes.

— Vous êtes courageux. J'en connais qui, à votre place, pousseraient des cris d'orfraie. Votre blessure est rudement infectée. Vous avez attendu trop longtemps avant d'appeler un médecin...

Un éclair de mécontentement alluma un instant les prunelles de Melville. Puis son visage se détendit.

— Vous devez avoir raison, admit-il en souriant. Mais si j'avais été plus prudent, je n'aurais pas eu la chance d'être soigné par une aussi charmante infirmière.

Patricia fit semblant de ne pas avoir entendu et continua de vaquer à ses occupations entre la chambre et la salle de bains. Elle connaissait par cœur le refrain de « la charmante infirmière ».

— Il faudra vous procurer des bandes, du coton, de la gaze, de l'alcool à 90°, énumérat-elle d'un ton professionnel. Vous auriez dû faire acheter tout cela avec vos médicaments.

— Je n'ai pas fait faire mon ordonnance. Le Dr Fontaine m'a laissé ce qu'il fallait pour me soigner ce matin, expliqua-t-il. Mais je n'ai personne sous la main pour aller en ville. Je ne peux conduire avec cette cheville, que je me suis foulée en tombant. Si vous pouviez vous rendre chez le pharmacien, avant de revenir ici ce soir, cela me rendrait bien service.

L'infirmière se chargeait souvent de divers achats pour les malades, aussi, elle accepta tout naturellement.

— Bien sûr. Et si vous avez besoin d'autre chose, ne vous gênez pas. Vous pouvez même m'appeler par téléphone et laisser le message à mon employée ou au répondeur.

Melville, qui s'était relevé, grogna en nouant la ceinture de sa robe de chambre :

— Ce maudit téléphone est toujours en panne.

— Voulez-vous que je le signale en passant à la Ferté ?

— Non. L'ami qui est allé chercher un médecin pour moi, hier soir, s'est également rendu à la poste. Toutefois, si j'ai besoin de ravitaillement, je vous mettrai sans doute à contribution, car je n'ai pas l'intention de recevoir qui que ce soit avant ma guérison.

Patricia referma sa trousse, remplit la feuille de sécurité sociale, encaissa ses honoraires et tendit la main à son client.

— A ce soir, monsieur Melville.

Il hésita, puis demanda :

— Pourriez-vous me rapporter des journaux de Paris ? *France-Soir* et *le Monde*, par exemple ?

— Rien de plus facile.

— Vers quelle heure serez-vous là ?

— Entre dix-huit et dix-neuf heures.

— Parfait. J'aurai fait un peu de toilette et je serai plus présentable pour vous recevoir.

Il souriait. Toute trace de fatigue avait quitté son visage et ses yeux brillaient intensément. Maintenant, Patricia trouvait qu'il ressemblait à un de ces fauves qui vivent dans la jungle : beau et inquiétant à la fois.

En descendant les marches du perron, elle se demanda ce que Melville pouvait bien faire dans la vie...

Question qui la poursuivit pendant presque toute la matinée, car elle n'arrivait pas à lui donner de réponse satisfaisante.

En rentrant chez elle pour déjeuner, l'infirmière réalisa qu'elle n'avait pas non plus trouvé de réponse à sa principale préoccupation : qui serait le « papa » pour Noël qu'elle avait promis à ses filles ?

Il était environ dix-huit heures trente quand Patricia sonna de nouveau à la porte du pavillon de chasse.

Antoine Melville ne s'était pas rasé, mais il avait fait toilette. Il portait un chandail blanc à col roulé et un pantalon de velours noir.

— Vous vous laissez pousser la barbe ? demanda-t-elle en pénétrant dans la maison.

— Oui, pendant que je reste seul ici. En tout cas, jusqu'à ce que ma blessure soit complètement guérie.

Avec surprise, Patricia constata que le ménage avait été fait. Tout était rangé. Dans la cheminée de la pièce principale brûlait un grand feu de bois.

— La maison avait besoin d'un sérieux nettoyage, expliqua Melville devant l'étonnement que la jeune femme n'avait pu cacher. J'étais venu avec des amis pour le week-end et, samedi, je me suis bêtement blessé avec un revolver. J'ai cru que cela s'arrangerait tout seul mais dimanche soir la plaie à commencer à s'infecter. Au lieu de repartir, mes amis sont restés un jour de plus. Ils sont rentrés hier soir à Paris et je ne peux leur en vouloir d'avoir laissé du désordre derrière eux.

— Evidemment, acquiesça Patricia. Mais ce n'est quand même pas vous tout seul qui vous êtes chargé de ce grand nettoyage ?

— Non. C'est une dame de la Ferté, enfin, des environs de la Ferté, qui vient dans la semaine faire le ménage.

Ils étaient arrivés dans la chambre et Antoine Melville s'allongeait pour sa piqûre.

— Ah ! Je la connais peut-être ? questionna Patricia en remplissant sa seringue. J'ai habité trois mois la Ferté avant de trouver une maison à Verneuil.

Elle ne vit pas l'expression de contrariété qui passait sur le visage d'Antoine.

— Je ne connais que son prénom : Marinette, répondit-il. Cette maison appartient à mes parents. Ce sont eux qui l'ont engagée et elle ne vient jamais pendant les week-ends. Elle fait le ménage dans la semaine et ma mère va chez elle la régler une fois par mois. Moi-même, je viens rarement ici et c'est peut-être la troisième fois que je vois cette Marinette.

— Je comprends, murmura Patricia en faisant la piqûre. Pourtant cette maison est agréable.

— Oui, mais pas en famille. J'y suis venu parce que mon père et ma mère ne risquent pas d'y mettre les pieds ; ils sont pour un an aux Etats-Unis. Je suis bien tout seul...

— Oui, oui, approuva l'infirmière.

Elle-même n'avait jamais voulu se plier à l'obligation de voir sa mère à date fixe. Ce qui ne l'empêchait pas de beaucoup l'aimer. Mais la retrouver tous les week-ends dans une résidence secondaire eût été, à la longue, source de grogne et de disputes.

Toutefois, Patricia ne se serait jamais exprimée avec autant de rancœur que Melville. Elle en conclut qu'il devait y avoir un profond désaccord entre ses parents et lui.

La curiosité de la jeune femme s'éveillait de plus en plus. Cependant, elle n'osait questionner son client. Elle sentait qu'il ne tenait pas à se livrer davantage. Déjà, elle avait noté une certaine réticence dans ses réponses.

Elle jeta un coup d'œil sur le pansement qu'elle avait fait dans la matinée.

— Tout va bien. Inutile d'y toucher avant demain, annonça-t-elle.

En se rhabillant, Melville demanda :

— Et mes journaux ? Y avez-vous pensé ?

— Ah ! oui, ils sont restés dans ma voiture. Excusez-moi, je vais les chercher.

En traversant le vestibule, elle vit que la porte voisine de celle de la chambre de Melville était à moitié ouverte. Cette porte donnait sur la cuisine. « Tiens ! elle était pourtant fermée quand je suis arrivée... » s'étonna-t-elle.

Après tout, elle n'avait peut-être pas fait attention...

Mais ce qui la surprit davantage, ce fut d'apercevoir que, dans cette cuisine, le couvert était dressé pour trois personnes.

Qu'est-ce que cela avait d'étonnant ? Melville pouvait avoir des invités à dîner sans lui en faire part. Même s'il prétendait ne vouloir recevoir personne avant d'être remis sur pied.

Quand elle revint dans la maison, la porte de la cuisine était fermée. Melville l'attendait à la limite des deux marches qui marquaient la séparation entre le vestibule et la pièce principale.

— Merci beaucoup, dit-il en prenant les quotidiens qu'elle lui tendait.

Se calant contre le mur, il déplia *France-Soir,*

parcourut d'un œil rapide la première page puis les deux suivantes, comme s'il cherchait un article touchant un sujet particulier.

— Je vous laisse à votre lecture, dit la jeune femme.

— Non. Il n'y a vraiment rien de passionnant dans le journal. Restez un moment, je serais si heureux de prendre avec vous le verre de l'amitié.

Patricia consulta sa montre : presque dix-neuf heures !

— Il est tard ! Ce ne serait pas raisonnable, dit-elle hésitante.

— D'autres malades vous attendent ?

— Non. Mais mes deux petites filles...

— Ah ! Vous avez deux filles. Elles ne sont pas toutes seules ?

— Non, j'ai une employée qui les garde.

— Alors, venez. Je ne vous retiendrai pas longtemps, insista-t-il en lui prenant le bras. Aidez-moi à descendre les marches.

Patricia se retrouva assise dans un fauteuil face à la cheminée tandis que, toujours à cloche-pied, Antoine Melville s'approchait du meuble-bar contenant verres, bouteilles et même un petit réfrigérateur.

— Aimez-vous le champagne ? J'en ai une bouteille au frais.

La jeune femme accepta sans se faire prier.

Melville lui tendit deux verres et vint s'installer

dans le fauteuil voisin avec une bouteille de Dom Pérignon.

— Alors, vous avez deux petites filles et un mari, je suppose ? interrogea-t-il en faisant sauter le bouchon.

— Mon mari est mort il y a quatre ans dans un accident de voiture, répondit-elle très vite.

— Je vous demande pardon. Quel âge ont vos filles ?

— Nathalie a sept ans et Laurence, cinq.

— Vous avez dû vous marier bien jeune, constata-t-il.

— A dix-neuf ans. J'ai connu mon mari pendant mes études d'infirmière. Il était interne en chirurgie à l'hôpital où je faisais mes stages. J'ai abandonné ma profession à la naissance de Nathalie. Puis, après la mort de Pierre, j'ai quitté Rouen où nous habitions et j'ai repris mon métier à Verneuil. Au lieu de l'exercer à l'hôpital, je soigne à domicile. Voilà, vous savez tout de moi, maintenant.

— Tout, non. Je vous situe, simplement. J'aimerais en savoir davantage...

Comme le visage de Patricia se fermait, il ajouta vivement :

— Soyons précis : je ne vous en demande pas plus, mais je souhaite vous connaître vraiment. Vous me plaisez beaucoup. J'aime votre façon directe d'être et d'agir. Cependant, si vous ne voulez pas me parler de vous, parlez-moi de vos filles. Vous ressemblent-elles ? Sont-elles brunes, blondes, sages ou insupportables ?

L'infirmière se détendit. Dès que l'on abordait avec elle le sujet des « petites », elle fondait, s'attendrissait et devenait intarissable.

— Plutôt insupportables, avoua-t-elle.

Et elle ne put s'empêcher de raconter la « dernière » de Laurence et de Nathalie : l'histoire du papa pour Noël.

— Dommage que vous ne me connaissiez pas depuis un bon moment, soupira Melville.

— Pourquoi ? s'étonna la jeune femme.

— Parce que je vous aurais proposé de tenir ce rôle. Tout simplement pour vous rendre service. Mais j'imagine que vous avez quelqu'un sous la main.

Patricia ne répondit pas tout de suite et vida son verre pour se donner une contenance.

— Oui, j'ai quelqu'un en vue, prétendit-elle.

Il la fixa intensément et elle détourna les yeux, se sentant comme une enfant prise en flagrant délit de mensonge.

— Si jamais ce quelqu'un vous faisait faux bond, vous pourriez penser à moi, dit-il avec un sourire qui le faisait ressembler à un fauve.

— Certainement, répondit-elle sans conviction.

— Peut-être ne tenez-vous pas à recevoir chez vous un homme qui ne vous a pas été présenté. En province, la mentalité est encore très bourgeoise. On a peur du qu'en dira-t-on... Que penseraient vos voisins en voyant arriver chez vous un inconnu ?

— Là n'est pas la question. J'attends la réponse d'un de mes amis. Il n'est pas toujours facile de se rendre libre un jour de Noël.

Là-dessus, elle posa son verre sur la table et se leva pour prendre congé.

— Le champagne était excellent et j'ai passé un agréable moment en votre compagnie, prononça-t-elle d'un ton distant. Au revoir, monsieur Melville, à demain matin.

Il prit la main qu'elle lui tendait et la retint dans la sienne.

— Vous avez mauvais caractère et moi, je suis un peu taquin. Excusez-moi si je vous ai froissée, ce n'était pas dans mes intentions, assura-t-il d'un air désolé. Allons, souriez-moi et dites que vous ne m'en voulez pas.

Les yeux de Melville avaient soudain changé d'expression et semblaient refléter une douceur presque enfantine. Sa bouche s'étira dans un sourire un peu triste.

Patricia se sentit désarmée. Décidément, cet homme ne manquait pas de charme...

— Nous ne sommes pas si bêtes, en province.

Elle s'interrompit brusquement et Melville lâcha sa main. Dans la pièce au-dessus, un bruit sourd venait de retentir, comme celui de la chute d'un objet assez lourd.

La mâchoire crispée, Antoine regarda le plafond d'un air furieux.

— Qu'est-ce que c'est que ça ? grogna-t-il.

— Peut-être un courant d'air, à cause d'une fenêtre mal fermée... Voulez-vous que j'aille voir ?

— Non. Il n'y a rien d'important là-haut. Sauf un chat que des amis m'ont laissé jusqu'à la fin de la semaine, dit Melville un peu trop vite. Je le garde enfermé pour qu'il ne se sauve pas dans les bois. Il est habitué à vivre en ville. Marinette lui a donné à manger pour plusieurs jours.

Patricia parut se contenter des explications d'Antoine. Mais ce bruit étrange et les trois couverts aperçus dans la cuisine la portaient à soupçonner que deux personnes devaient se trouver dans la maison.

— Alors, au revoir. Je me sauve, il se fait tard.

— Je vous attendrai avec impatience demain matin. Votre présence me fait du bien, confessa-t-il d'une voix douce. C'est comme un rayon de soleil dans la nuit qui m'entoure.

Patricia monta en voiture, toute décontenancée. Quel homme étrange, cet Antoine Melville ! Il possédait une incontestable et peu commune maîtrise de lui. Toutefois, il laissait parfois échapper des manifestations de sentiments divers, tels que la tristesse, l'inquiétude, une certaine violence et cela, malgré une très nette volonté de ne rien livrer de sa vie et de sa personnalité.

Que cherchait-il à cacher ? Avait-il tenté de

se suicider et quelque événement imprévu aurait-il fait dévier l'arme ? Ou bien, quelqu'un aurait-il essayé de le tuer ? D'après la découverte de ces trois couverts mis dans la cuisine, ne pouvait-on déduire que deux personnes se cachaient dans le pavillon de chasse ? Et pour quelle raison ? Serait-ce un couple d'amoureux venant abriter là une passion secrète ?

Bref, Patricia se perdait en conjectures et sa curiosité en souffrait. Elle aimait les choses et les situations claires, nettes, sinon son imagination l'entraînait au galop.

Puis, elle repensa au papa pour Noël. Si elle avait mieux connu Melville, elle aurait accepté sa proposition. Il devait plaire aux enfants, savoir les amuser et leur parler. Oui, mais dans quelle mesure pouvait-elle faire confiance à ce personnage ? Et si, après, elle ne pouvait s'en débarrasser ?

« J'ai encore quelques jours devant moi, se dit-elle. Je vais voir comment Melville se comporte. Si je ne trouve personne, il faudra bien me résigner à faire appel à son concours. »

En réalité, elle refusait de s'avouer qu'elle était prête à choisir la solution de facilité que lui offrait Melville. Au fond, sa décision était déjà prise, mais vis-à-vis d'Antoine Melville, comme vis-à-vis d'elle-même, elle ne voulait pas avoir l'air de se précipiter sur le premier venu. Elle s'abreuvait d'arguments « contre », afin de se donner bonne conscience et de ne pas reconnaître que cet étrange client lui plaisait un peu trop.

Un quart d'heure plus tard, Patricia retrouva ses filles et Jeannette dans la maison bien chaude. En robe de chambre, les petites achevaient leur dîner.

— Tu rentres tard, maman ! observa Nathalie.

— J'ai eu beaucoup à faire, répondit la jeune femme.

— Tu as cherché un papa pour Noël ? interrogea insidieusement Laurence.

— Exactement.

— Et tu l'as trouvé ? demandèrent en chœur les deux petites.

Bien qu'un peu gênée, Patricia ne put s'empêcher de sourire.

— Peut-être. J'aurai la réponse dans deux ou trois jours...

C'était le délai qu'elle s'était fixé pour étudier Antoine Melville.

Et afin de couper court aux questions qui allaient venir, elle enchaîna :

— Maintenant, finissez vite votre dessert. Il va être huit heures et demie.

— Mais... commença Nathalie.

— Il n'y a pas de mais. Je veux que dans dix minutes vous soyez au lit. Et je vous lirai une histoire...

CHAPITRE III

Le lendemain matin, Patricia eut un travail fou et elle ne put se permettre de demeurer longtemps en compagnie de Melville. Ce dernier se montra désappointé de la voir partir si vite.

— Puis-je espérer que, ce soir, vous aurez le loisir de bavarder un moment avec moi ? Je me sens mieux et je commence à m'ennuyer dans cette maison vide.

— Vous n'êtes pas si seul : vous avez le chat de vos amis...

— Oui, mais sa conversation est plutôt limitée.

Patricia guettait des bruits, des indices susceptibles de lui confirmer que des gens se cachaient dans le pavillon de chasse. Mais la maison était parfaitement silencieuse, rien ne traînait et elle se dit que le couple dont elle avait soupçonné la présence était sans doute parti.

— Je tâcherai de venir vers six heures, promit-elle.

Antoine la remercia avec chaleur et lui demanda de se charger de quelques courses.

— La femme de ménage ne reviendra pas avant la semaine prochaine et j'ai besoin d'un peu de ravitaillement. Avec cette cheville, je ne sais quand je pourrai conduire.

La jeune femme accepta volontiers et s'en alla, gaie comme elle ne l'avait pas été depuis des années.

Ce mercredi-là, Nathalie et Laurence étaient invitées à déjeuner chez des camarades d'école, filles de cultivateurs des environs.

Patricia termina sa tournée juste à temps pour aller conduire les « petites » à la ferme des Barils et rentra chez elle, où l'attendait son amie Anne Taverny, qu'elle avait conviée à partager son repas de midi.

Anne était en train de catéchiser Jeannette pour la sauver des dangers du mariage.

— Méfie-toi, si tu te laisses faire, tu seras vite réduite en esclavage. Ton Robert se mettra les pieds sous la table et toi, tu le serviras...

Jeannette fréquentait un gentil garçon déjà habitué à essuyer la vaisselle et à partager d'autres travaux ménagers. Les vitupérations d'Anne Taverny la laissaient froide. Elle se contentait d'écouter en souriant intérieurement. Son avenir lui semblait tout tracé. Elle n'était pas décidée à se marier dans l'immédiat, en tout cas pas avant d'avoir obtenu son diplôme de secrétaire médicale.

Depuis trois ans, chez Mme Darmont, elle s'occupait de la maison et elle répondait aux coups de téléphone des clients. En outre, elle suivait des cours par correspondance pour passer son examen et, dans ce domaine, Patricia l'aidait beaucoup.

Bientôt, Jeannette deviendrait une fille libre. Vis-à-vis de Robert, elle aurait suffisamment d'atouts en main pour envisager une vie commune équilibrée.

Très décontractée, la jeune fille laissait donc Anne expliquer ses théories. A quoi bon discuter avec une personne qui refuse d'entendre le point de vue des autres ?

— Les femmes, insistait Anne, doivent être capables d'assumer leur vie et pour cela, elles n'ont pas besoin d'un homme.

— Alors, pourquoi t'es-tu mariée ? interrogea Patricia en pénétrant dans la cuisine. Tu es aux petits soins pour ton Jacques et s'il s'absente vingt-quatre heures, tu erres comme une âme en peine.

— Jacques, lui, n'est pas comme les autres, affirma sérieusement Anne.

Un coup de sonnette à la porte d'entrée interrompit la discussion. Jeannette alla ouvrir et revint en annonçant :

— C'est le Dr Fontaine. Je l'ai fait entrer.

Patricia leva les yeux au ciel et soupira :

— Que veut-il encore, celui-là ? Viens, Anne, tu vas m'aider à l'expédier.

Eric Fontaine, qui s'était juré de faire un gros effort pour paraître aimable et détendu, sentit son sourire se figer quand il aperçut Anne sur les talons de l'infirmière. Cette femme, qui se moquait sans cesse de lui, le mettait dans un état d'exaspération qu'il n'arrivait pas toujours à maîtriser.

— Bonjour, Eric ! lança Patricia avec bonne humeur.

— Salut, toubib, dit à son tour Anne, mais d'un ton plutôt froid.

Fontaine serra la main des deux femmes, s'installa dans le fauteuil que l'infirmière lui désignait, toussota, puis demanda :

— Comment va Laurence ? Comme j'ai un moment de liberté, j'en profite pour passer prendre de ses nouvelles.

— Mais je vous ai dit hier matin qu'elle était tout à fait remise ! Ce n'était probablement qu'une poussée de fièvre de croissance. Vous aviez raison : rien de grave. Merci tout de même de vous êtes dérangé.

— Une poussée de fièvre ou un caprice auquel vous avez fini par céder ? questionna le médecin, désireux montrer qu'il n'était pas dupe et ne voulant pas non plus passer pour un imbécile devant Anne Taverny.

— Voulez-vous boire quelque chose ? éluda Patricia. Ma mère m'a fait parvenir un petit pineau des Charentes dont vous me direz des nouvelles.

— Volontiers, accepta Fontaine qui, entêté, poursuivit : vous avez tort d'être si faible avec vos filles. Dans quelques années, elles seront insupportables...

— Insupportables ! éclata Anne. Pourquoi donc ? Parce qu'elles savent ce qu'elles veulent ? Ce sont des hommes comme vous, avec vos principes d'éducation, qui commencez à réduire les femmes en esclavage dès leur plus jeune âge. J'espère bien qu'elles seront insupportables, comme vous dites, et qu'elles échapperont ainsi à la tutelle de types dans votre genre.

Sidéré par cette sortie, Eric regardait Anne avec une expression voisine de l'hébétude. Avait-il affaire à une folle ? Fallait-il rire ou la remettre vertement à sa place ?

— Ne vous inquiétez pas pour mes filles, prononça calmement Patricia qui s'amusait beaucoup. Entre vos théories et celles d'Anne, il y a un juste milieu et je saurai les y maintenir.

Là-dessus, elle tendit un verre à chacun et leva le sien :

— A vos santés !

Ils burent, et un silence s'établit. Patricia s'empressa de le rompre afin d'éviter de nouveaux affrontements entre le médecin et son amie.

— Toujours beaucoup de clients en ce moment, Eric ?

— Oui. J'aurais bien besoin de repos et de distractions. Je suis même de garde le jour de Noël. J'espérais que mes parents viendraient déjeuner avec moi mais ils partent pour les sports d'hiver. Pour la première fois, je serai seul ce jour-là.

Patricia comprit qu'il cherchait à se faire inviter. En d'autres circonstances, elle n'aurait pas hésité à lui proposer de venir partager son déjeuner de Noël. Malgré son côté « ours », Eric Fontaine possédait de véritables qualités. Il était très cultivé, lisait beaucoup. Cependant, il manquait de spontanéité. C'était dommage, car avec un peu de laisser-aller, il aurait eu du charme.

De toute façon, à cause de cette idée de « papa » pour Noël, il ne pouvait être question de convier Fontaine. Il ne fallait même pas le mettre au courant de cette histoire.

Ne sachant que répondre, et afin de se donner une contenance, l'infirmière but une gorgée de pineau et alluma une cigarette.

Voyant l'embarras de son amie, Anne Taverny intervint, ravie de taquiner le médecin.

— Vous devriez vous marier, toubib, vous ne seriez plus tout seul. Evidemment, il vous sera difficile de trouver une femme. Avec votre caractère, il vous faudrait une esclave, sinon je ne vois qui pourrait vous supporter.

Cette fois, Eric réagit avec violence.

— Vous m'embêtez, à la fin, avec votre agressivité ! Vous traitez tous les hommes en ennemis et vous avez parfois envers eux des coquetteries de petite fille. Je suis certain que vous êtes folle de rage, lorsque Jacques ne remarque pas votre nouvelle robe ou votre nouvelle coiffure. D'ailleurs, quand vous êtes en face de votre mari, vous bêlez d'admiration, vous êtes aux petits soins pour lui. Bref, tout le contraire de ce que vous prêchez à longueur de journée.

— Allons, ne vous fâchez pas, Eric, dit Patricia, désireuse de mettre un terme à cette dispute. Vous savez bien qu'Anne adore vous faire sortir de vos gonds et vous marchez toujours.

— Il ne marche pas, il galope, renchérit Anne. Tout de même, il exagère, je ne suis pas bêlante devant Jacques...

D'un geste, Patricia fit taire son amie et changea de sujet de conversation.

— Je suis allée chez Melville, le client qui se terre dans les bois de la Ferté. Le pauvre était vraiment dans un triste état, hier matin. Heureusement, il est doué d'une excellente constitution. Il est vigoureux comme on peut l'être à trente ans et il a merveilleusement réagi. Maintenant, l'infection semble enrayée.

— Je lui ai prescrit le traitement qu'il fallait pour cela, répondit Fontaine. Pourquoi me parlez-vous spécialement de ce cas ? Il vous pose un problème ?

— Non, non, assura vivement Patricia. Je pensais que vous seriez content d'avoir des nouvelles de ce blessé.

Le médecin fronça les sourcils et regarda

attentivement l'infirmière, qui dissimulait mal une certaine gêne.

— Je soigne des cas bien plus graves, dont vous vous occupez aussi. Ils me préoccupent davantage que celui de cet hurluberlu.

— Ce n'est peut-être pas seulement sur le plan médical que Patricia porte de l'intérêt à ce client ? insinua Anne, non sans perfidie.

— De quoi te mêles-tu ? explosa l'infirmière. Je parlais de Melville parce que je trouve curieux qu'il soit resté tout seul au fond des bois, au lieu de rentrer se soigner chez lui, à Paris.

— Rien ne l'empêche de regagner son domicile, il n'a qu'à se faire conduire par quelqu'un en voiture, rétorqua le médecin en se levant. Et il n'est pas si seul, puisque vous allez lui faire des piqûres deux fois par jour.

Là-dessus, Fontaine serra la main des deux jeunes femmes et quitta la pièce, l'air plus maussade que jamais.

— Qu'est-ce qui t'a pris ? Pourquoi raconter à Eric ces inventions à propos de Melville et de moi ? demanda Patricia avec humeur.

Anne sourit :

— Pour voir si mes souçons étaient justifiés, et ils le sont.

— Encore un mystère. Puis-je en avoir la clef ?

— Ce n'est pas un mystère. J'ai profité de l'occasion que m'offrait ta conversation avec Eric pour suggérer, tout gratuitement, que tu pouvais ne pas être insensible au charme d'un homme. Comme je l'avais prévu, le toubib en a été vert de rage. N'est-ce pas la preuve qu'il est amoureux de toi ?

— Eric, amoureux de moi ? Tu es folle, protesta Patricia sans grande conviction.

— Allons, ne me dis pas que tu ne t'en es jamais aperçue. Pourquoi ne l'invites-tu pas à déjeuner le jour de Noël ? Cela ne te ressemble guère de laisser seul un homme comme Eric, avec lequel tu entretiens d'excellentes relations. Ce ne serait pas la première fois qu'il prendrait un repas chez toi. Sa présence t'est donc devenue brusquement insupportable ? Il t'a dit ou fait quelque chose ? Raconte.

Patricia soupira :

— Tu es stupide. J'aime bien Eric et nous sommes toujours bons amis. Mais je n'ai pas envie de l'avoir pour Noël. J'ai bien le droit d'être un peu seule et tranquille avec mes filles, non ?

Anne scruta ironiquement le visage de l'infirmière.

— Avoue, tu as peur qu'il ne profite de ce jour, fête de famille par excellence, pour te proposer le mariage. Je le vois d'ici, cherchant tous les arguments pour te convaincre, te disant que tu ne pourrais faire de plus beau cadeau à tes filles.

Patricia bondit :

— Qu'est-ce que tu racontes encore ? Laurence et Nathalie t'ont dit quelque chose ?

Elle s'interrompit. Mais elle avait trop parlé, Anne, fine mouche, trouvait sa réaction curieuse.

— Qu'est-ce que tes filles auraient pu me dire ?

— Allons déjeuner, éluda Patricia. N'oublie pas que nous allons faire des courses à Evreux et que je dois être rentrée vers cinq heures.

Anne n'insista pas, se réservant de faire parler son amie pendant le trajet.

Patricia ne savait pas dissimuler. Cependant, Anne eut plus de mal qu'elle ne l'avait pensé à lui faire avouer l'histoire du « papa » pour Noël. Puis, lancée dans les confidences, l'infirmière raconta dans le détail sa rencontre avec Antoine Melville, sans toutefois parler de ses soupçons concernant la présence de deux autres personnes dans le pavillon de chasse.

— Tu comprends maintenant pourquoi je ne peux absolument pas inviter Eric !

Et pour la troisième fois, l'infirmière demanda à son amie de jurer que tout cela resterait secret entre elles deux.

Anne s'exécuta, laissa passer un petit silence et demanda :

— Il te plaît tant que ça, Antoine Melville ?

Patricia se cabra. Elle ne voulait pas approfondir ce qu'elle éprouvait à l'égard du solitaire de la Haute-Folie.

— Je n'en sais rien. Il excite ma curiosité. J'avoue que je lui trouve un certain charme et, en même temps, il me fait un peu peur. On devine en lui de terribles forces, comme chez un fauve. Oui, je ne peux mieux le définir. Mais de là à conclure qu'il me plaît...

— Oh ! oh ! s'exclama Anne, je n'aime pas du tout ta description de cet homme. J'en tire deux conclusions : qu'il te plaît et qu'il est dangereux pour toi. Encore un de ces types qui réduisent les femmes à zéro. Tu es folle, ou quoi ? Un fauve ! Un matou, oui, je veux bien... comme celui de ma voisine qui flanque des raclées à toutes les chattes du quartier, avant de leur faire une demi-douzaine de chatons.

— Assez ! je t'en prie, interrompit Patricia sans pouvoir s'empêcher de rire. Tu vas un peu loin, je ne suis pas une chatte, ni une femme en danger.

— On verra, concéda Anne sans conviction. Je te sens quand même sur une bien mauvaise pente.

Elles roulaient maintenant dans les faubourgs d'Evreux.

— J'espère que nous allons trouver une place pour la voiture sans errer pendant une heure, dit Patricia. Je me suis fait remplacer par une collègue, mais il faut que je sois rentrée à Verneuil de bonne heure. Il y a certains malades que je ne peux pas lâcher, ils ne veulent personne d'autre que moi.

— Comme Antoine Melville, par exemple ?

— Non. C'est moi qui tiens à aller chez lui, répondit Patricia. Si je suis obligée de l'avoir à déjeuner pour Noël, il faut bien que, d'ici là, je sache un peu à qui j'ai affaire ; je ne suis pas encore certaine qu'il saura se comporter avec les filles comme je l'entends.

— Tu devrais m'emmener avec toi. Je te dirais ce que j'en pense.

— C'est impossible, cela ne se fait pas, s'indigna Patricia. Tu devrais même ignorer que je le soigne : je suis tenue par le secret professionnel.

— Eh bien ! je pourrais t'attendre dans la voiture et quand il te proposera de prendre un verre, tu lui diras que tu ne peux pas, à cause de moi. Alors il te proposera forcément de venir me chercher...

Patricia ne répondit pas. Elle venait de repérer une place libre, dans la rue Chartraine, près de l'hôtel du Grand Cerf, et les manœuvres accaparaient son attention.

— Ouf ! soupira-t-elle en consultant sa montre. Nous avons deux heures pour faire nos courses. Viens, il ne s'agit pas de traîner.

En fait, elles perdirent beaucoup de temps à la recherche de cadeaux originaux.

Anne Taverny voulait « quelque chose de très bien » pour son Jacques. Elle ne lésinait pas quand il s'agissait de son mari. Rien n'était trop beau pour lui. De boutique en boutique, les vendeuses, l'air pincé, déballaient vêtements et objets qu'Anne traitait la plupart du temps de camelote.

De son côté, Patricia était fixée : ses filles avaient demandé au Père Noël un électrophone et elle n'eut aucun mal à trouver ce qu'elle désirait. Mais il n'y avait pas qu'elles, il y avait sa mère, Jeannette et quelques amies...

Dans le sillage d'Anne Taverny, l'infirmière réussit à dénicher le présent qui convenait à chacune des personnes inscrites sur sa liste.

Patricia commençait à protester auprès de son amie, disant qu'elle en avait assez de ses vaines recherches, quand celle-ci sauta enfin sur une pelisse :

— Elle conviendra parfaitement à mon Minou...

Munies de leurs paquets, les deux femmes décidèrent d'aller prendre le thé au Grand Cerf, avant de regagner Verneuil.

Anne, qui connaissait parfaitement Evreux, dit à l'infirmière en lui désignant une petite rue :

— Passons par ici, ce sera plus court.

Patricia suivit son amie en regrettant de s'éloigner des boutiques. Il lui manquait encore le cadeau qu'elle destinait au « papa » pour Noël de ses filles, c'est-à-dire à Antoine Melville, bien qu'elle refusât toujours d'envisager avec certitude qu'il remplirait ce rôle.

De toute manière, quel que soit l'invité, ce dernier devrait trouver son paquet au pied du traditionnel sapin. « Que lui offrir ? » se demandait-elle en pressant le pas derrière Anne.

Soudain, l'infirmière s'immobilisa. Elle venait d'apercevoir une Alfa-Roméo stationnée le long du trottoir.

Aucun doute possible, cette voiture était celle de Melville !

Intriguée et folle de curiosité, Patricia se demandait si Antoine avait pu conduire jusqu'ici. Avec sa foulure, cela était très improbable. Alors, qui ? Elle songeait aux trois couverts dans la cuisine du pavillon de chasse, au bruit mystérieux attribué à un chat. L'indéfinissable impression qu'elle avait ressentie, la veille, d'une ou deux présences cachées chez Melville, lui revint, plus aiguë, désagréable.

Anne, qui avait pris une dizaine de mètres d'avance sur son amie, se retourna et lui cria :

— Qu'est-ce que tu fabriques ? Tu viens ?

— J'ai mal aux pieds, mentit Patricia.

Tandis que son amie revenait vers elle, l'infirmière repéra un bar juste en face du trottoir le long duquel l'Alfa-Roméo était garée.

— Si on s'arrêtait là pour prendre le thé, au lieu d'aller au Grand Cerf ? Je n'en peux plus.

— Au Perroquet ? répondit Anne sans enthousiasme. Je serais bien étonnée qu'on nous serve du thé là-dedans. L'endroit me paraît plutôt minable.

Patricia se moquait de l'aspect du bar, pourvu

qu'elle puisse, à travers les vitres, garder un œil sur l'Alfa-Roméo.

Elle avait preque une demi-heure devant elle avant de quitter Evreux, et elle espérait que le conducteur de l'Alfa-Roméo reprendrait le volant d'ici là. Et puis, qui sait, Antoine Melville pouvait se trouver avec des amis dans ce bistrot... Ce serait curieux de l'y rencontrer ainsi, par le plus grand des hasards.

— Je suis incapable de faire un pas de plus, affirma-t-elle en se dirigeant vers la porte du bar. Tout ce que je veux, c'est m'asseoir !

— Ridicule ! soupira Anne, résignée. Quand je pense que nous serions si bien, dans les fauteuils du Grand Cerf !

Quand les deux femmes pénétrèrent dans le bar, un silence total les accueillit. Melville n'était pas là. Les quatre clients attablés, le couple juché sur les hauts tabourets et le serveur derrière le comptoir, cessèrent tout mouvement et toute conversation pour braquer leurs yeux sur elles.

Puis, comme des automates qui l'on aurait remis en route, chacun acheva le geste interrompu.

Le barman lança les dés sur la piste du « 421 » en prononçant avec un fort accent corse :

— Bonsoir, mesdames.

— Bonsoir, répondit Patricia en se précipitant vers un des hauts tabourets d'où elle aurait une vue imprenable sur l'Alfa-Roméo.

— Ici, nous serions plus confortables, protesta Anne en désignant une table.

— Je préfère être perchée. Si nous nous installons sur une banquette, je vais m'engourdir, expliqua l'infirmière.

Anne prit place à côté de son amie, dont l'attitude lui paraissait quelque peu bizarre.

— Tu n'es pas malade ? s'inquiéta-t-elle.

— Malade ! s'exclama Patricia avec un rire forcé. Au contraire, je suis en pleine forme.

— Ah ! murmura Anne, de plus en plus déroutée.

Le barman ne semblait nullement pressé de les servir. A l'autre bout du comptoir, il continuait à jouer au « 421 » avec le couple.

Trop occupée à surveiller l'Alfa-Roméo, l'infirmière ne songeait pas à réclamer. Son amie, elle, s'impatientait en se demandant si elles n'étaient pas tombées dans un de ces établissements qui jouissaient à Evreux d'une réputation des plus louches.

Les quatre clients attablés avaient des allures de gangsters, tels qu'on en voit dans les films américains. Quant à la fille rousse qui jouait au « 421 », il ne fallait pas être grand clerc pour la classer dans un genre douteux, et son compagnon avait tout d'un voyou.

Serait-il possible d'avoir un thé ou un café ? demanda enfin Anne.

— Désolé, répondit le barman. Je n'ai pas d'eau chaude, la machine est en panne.

A coup sûr, il mentait et, bien qu'elle sentît la colère soulever sa poitrine, Anne jugea qu'il était inutile d'insister.

— Viens, Patricia, allons ailleurs, là où il y aura de l'eau chaude, dit-elle en descendant de son tabouret.

— Après tout, prenons autre chose, décréta l'infirmière. Donnez-moi un cognac, barman, s'il vous plaît.

De plus en plus médusée, Anne regrimpa sur son siège et commanda également un cognac. Le barman les servit visiblement à contrecœur, puis retourna à sa partie de « 421 ».

— Tu es sûre d'être tout à fait bien ? demanda Anne.

— Mais oui.

— Qu'est-ce que tu regardes tout le temps, comme ça, dans la rue ?

— Rien, les gens qui passent. Laisse-moi un peu tranquille, je récupère.

Patricia ne vit pas le coup d'œil ironique que lui jeta la femme rousse et ne prêta aucune attention aux murmures qui s'échangeaient entre le couple et le serveur. Elle était trop occupée à surveiller l'Alfa-Roméo.

Anne, qui comprenait de moins en moins, sirota lentement son cognac. Elle n'osait plus parler devant ces gens qui, eux-mêmes, demeuraient à peu près silencieux.

L'atmosphère du bar était lourde, gênante, comme si leur présence à toutes deux avait dérangé une réunion secrète. En un mot, elles étaient des intruses et on le leur faisait sentir.

— Tu as vu l'heure ? questionna Anne au bout d'un certain temps. Je crois qu'il faudrait s'en aller.

— C'est juste, soupira Patricia après avoir consulté sa montre.

Elle paya et reprit ses paquets. L'Alfa-Roméo était toujours le long du trottoir et nul ne s'en était approché.

Les deux femmes sortirent du bar.

— Quelle sale boîte ! dit Anne en refermant la porte derrière elle.

— Oui, c'est vrai.

— Alors pourquoi as-tu voulu rester ?

— Je t'expliquerai tout à l'heure, dans la voiture.

Elles s'éloignèrent sans entendre les éclats de rire de la rousse et de son compagnon qui saluaient leur départ.

CHAPITRE IV

— Tout d'abord, es-tu sûre que cette Alfa-Roméo est bien celle de Melville ? questionna Anne Taverny, après que Patricia lui eut expliqué les motifs qui l'avaient poussée à entrer au « Perroquet » et à y rester le plus longtemps possible.

— Oui. Je connais par cœur la plaque d'immatriculation : 718. AH. 75.

— Admettons. Après tout, il est peut-être capable de conduire ?

— Absolument pas. J'ai examiné sa cheville ce matin, avant de refaire son pansement. Il ne peut pas s'appuyer sur sa jambe gauche. Je me demande même s'il n'a pas quelque chose de fêlé.

— A mon avis, il a quelque chose de fêlé, mais dans le crâne... et toi aussi. Tu viens de m'avouer que tu avais eu l'impression que des gens se cachaient dans la maison de Melville. Es-tu sûre de ne pas avoir rêvé ? Le bruit du premier étage, c'était peut-être vraiment un chat. Quant aux trois couverts, c'était sans doute pour des amis.

Après tout, il ne te connaît pas. Pourquoi te raconterait-il sa vie ?

— Tu as raison, admit Patricia. Mais s'il fréquente des gens, pourquoi prétendre qu'il est tout seul et que cette solitude commence à lui peser ?

— Pour que tu t'intéresses davantage à lui. Il a réussi : tu as tout d'une femme jalouse. Pourquoi attaches-tu tant d'importance au fait que sa voiture soit dans une rue d'Evreux ? Il peut l'avoir prêtée à des amis ou encore s'être fait conduire en ville.

— Moi, jalouse ! protesta l'infirmière. Non, seule ma curiosité est éveillée.

Et elle ajouta, avec une violence dirigée beaucoup plus contre elle que contre son amie :

— Tout d'abord, je ne crois pas qu'un homme puisse jamais remplacer Pierre dans mon cœur. Ce n'est même pas à envisager...

Patricia se tut. Ses mains se crispèrent sur le volant. Elle avait honte de se servir du souvenir de son mari comme d'un bouclier. Pourtant, elle essayait éperdument de faire appel au visage de Pierre, mais il demeurait flou, comme s'il la fuyait. Surtout depuis deux jours, depuis qu'elle connaissait Antoine. Elle avait beau évoquer le passé, les instants de bonheur total qu'elle avait connus dans les bras de Pierre, le poids de sa solitude lui paraissait de plus en plus lourd.

A la mort de son mari, Patricia avait cru mourir, elle aussi. Pierre avait emporté avec lui dans l'au-delà une partie de sa vie : sa vie de femme. Elle avait alors voué son existence à ses filles et à son métier.

Les années avaient passé et, un beau jour, l'idée l'effleura qu'elle pouvait peut-être rencontrer un compagnon, pour suivre, à ses côtés, le chemin qu'il lui restait à parcourir sur cette terre. Elle n'envisageait pas un grand amour, mais de la tendresse, une présence, une main pour envelopper la sienne, une épaule pour poser sa tête...

Puis cette idée s'était fortifiée et Patricia souffrait maintenant d'être seule. Elle n'avait pas trente ans. Sans vouloir oublier Pierre, elle espérait que le destin la mettrait en face d'un homme que son cœur pourrait aimer et à qui elle donnerait ce trop-plein de forces qu'elle refoulait à grand-peine.

Cela, elle ne l'avait jamais avoué à personne, pas même à son amie Anne. Elle se jugeait un peu coupable d'avoir de telles pensées et de tels besoins.

Antoine Melville la troublait et éveillait en elle des désirs qu'elle avait cru ne plus jamais éprouver. En même temps, elle refusait de se laisser aller. C'est pourquoi elle cherchait à se réfugier dans le souvenir de Pierre et avait si brutalement répondu à Anne.

Celle-ci ne parut nullement impressionnée par la réaction de l'infirmière :

— Tu dis des bêtises. On croirait entendre parler une oie blanche de la fin du XVIIIe siècle ! Bien sûr, tu n'oublieras jamais Pierre. Mais enfin, sois lucide : il y a quatre ans qu'il est mort. Et toi, tu es jeune et il faut que tu vives. Pourquoi as-tu si peur de tomber amoureuse ? Personnellement, je pensais qu'Eric Fontaine t'aurait eue au tournant. Mais tu le paralyses. Devant toi, il devient idiot. Pourtant, Jacques dit qu'il était spirituel avant de te connaître. Enfin, si ce Melville te plaît... Fais quand même attention, finalement, tu ne sais rien de lui...

— Assez, coupa Patricia, tu me fatigues.

Et d'un geste brusque, elle tourna le bouton de la radio pour imposer silence à son amie.

Un journaliste égrenait des informations d'un ton neutre. Il parlait de grèves, de luttes politiques. Puis il passa aux faits divers, annonça deux hold-up dont on n'avait pas retrouvé les auteurs. Il ajouta que la police courait toujours après les ravisseurs d'un important industriel, récemment libéré contre une rançon de plusieurs millions de francs.

Enfin, ce fut le tour des sports et les informations s'achevaient quand Patricia stoppa la R-16 devant la porte de la maison des Taverny.

— Tiens-moi au courant, recommanda Anne avant de descendre de voiture. J'aimerais quand même bien le voir, cet Antoine Melville. Tâche d'en apprendre un peu plus long sur lui avant de le recevoir chez toi. Plus je réfléchis, moins tout cela me plaît. Cette blessure bizarre, et le reste...

— Ne t'en fais pas, assura Patricia. Je ne suis pas si stupide.

Elle démarra et Anne suivit un instant la voiture du regard.

— Pas si stupide ! grogna-t-elle entre ses dents. Ce n'est pas mon avis. Je vais essayer de me documenter sur ce type. Il faudrait au moins savoir ce qu'il fait dans l'existence...

Anne et son mari avaient un cousin commissaire à la Police judiciaire. Celui-ci ne refuserait pas de leur fournir quelques renseignements sur un nommé Antoine Melville possédant une Alfa-Roméo immatriculée 718. AH. 75 et dont les parents étaient propriétaires d'une résidence secondaire à la Ferté-Vidame. Anne ne lui demanderait rien d'extraordinaire, simplement qui étaient ces gens, quel était leur métier, leur honorabilité, afin de les situer.

« A notre époque, il faut être prudent », songea-t-elle...

⁂

Dès qu'elle arriva à la Haute-Folie, Patricia constata que l'Alfa-Roméo n'avait pas réintégré sa place habituelle. En revanche, Melville, lui, était bien là. Il n'avait pas attendu que la jeune femme eût gravi les marches pour allumer la lampe du perron et ouvrir la porte.

Appuyé sur une seule canne, il lui souriait :

— Enfin vous ! Je commençais à m'impatienter.

— J'ai eu beaucoup de choses à faire cet après-midi, répondit-elle en s'engouffrant dans la maison où elle fut accueillie par la « Symphonie pour piano et orchestre » de Schumann. Cette musique romantique transformait l'atmosphère du vestibule et de la grande pièce. Patricia avait l'impression de pénétrer dans un monde hors du temps, dans une espèce de théâtre extraordinaire où Antoine et elle allaient jouer une pièce inventée par eux et dont ils seraient les seuls spectateurs.

Après qu'il lui eut demandé de déposer dans le réfrigérateur la viande et les fruits qu'elle lui avait apportés, il la précéda dans la chambre.

— Vous vous appuyez un peu sur votre pied, aujourd'hui, remarqua-t-elle.

— Effectivement, j'ai moins mal.

Pendant qu'elle lui faisait sa piqûre, Patricia ne put s'empêcher de lancer :

— Oui, vous devez avoir moins mal ; peut-être même pouvez-vous conduire...

— Conduire ? hélas, non. Pas encore, mais j'espère bien que cela ne saurait tarder.

Il prit un temps et enchaîna :

— Ah ! je comprends : vous avez remarqué que l'Alfa-Roméo n'est plus devant la maison et vous êtes intriguée... Curieuse comme toutes les femmes ! C'est très vilain.

Visiblement, Antoine se moquait d'elle.

— Je disais cela parce que j'ai aperçu votre voiture cet après-midi à Evreux, rétorqua-t-elle, furieuse. Sur le plan professionnel, j'ai trouvé étonnant que vous ayez pu la conduire...

— Quel caractère ! soupira-t-il, tandis qu'elle s'occupait de son pansement. Ne vous posez plus de questions : j'ai prêté ma voiture à mon copain Alex qui avait une petite amie à voir à Evreux. Ce copain est arrivé ce matin avec les propriétaires du chat, qui venaient justement récupérer leur Rominagrobis et prendre de mes nouvelles. Ils se trouvaient ici le week-end dernier, quand je me suis blessé. Ils sont immédiatement repartis pour Paris et pour leur éviter de faire un crochet par Evreux afin d'y déposer Alex, j'ai dit à celui-ci de prendre l'Alfa-Roméo. Voilà. Vous êtes satisfaite ?

— Je ne vous demandais pas tant d'explications. Je vous le répète : j'ai été étonnée en voyant votre voiture, uniquement parce que je sais que vous ne pouvez conduire, si ce n'est au prix d'intolérables souffrances. En prenant le volant, vous risquiez un accident. Cela m'a inquiétée. Le reste ne me regarde pas. Je ne veux pas être indiscrète.

Le pansement était terminé. Antoine se releva et, en clopinant, s'approcha de Patricia. Il passa son bras autour des épaules de la jeune femme et lui dit d'une voix douce :

— Vous avez donc eu un peu peur pour moi... je n'en espérais pas tant. Vous êtes une remarquable infirmière : vous soignez aussi bien le cœur que le corps.

Au contact de cette main, dont un doigt lui caressait légèrement le cou, la jeune femme fut parcourue d'un de ces frissons qu'autrefois Pierre savait si bien provoquer en elle. Frissons qui préludaient toujours à une folle étreinte.

L'aventure était là, tentante ; elle n'avait qu'un geste à faire pour se trouver contre cette poitrine d'homme qui l'attirait.

Une seconde, elle vacilla et se reprit dans un sursaut de défense.

— Dois-je comprendre que votre blessure est accompagnée d'une blessure morale, sentimentale peut-être ? questionna-t-elle en se dégageant, sans brusquerie mais avec fermeté, de ce bras qui l'emprisonnait dangereusement.

Le regard d'Antoine devint lointain, imprécis, puis voilé de tristesse. Et tout comme Patricia, il se reprit très vite.

Dans ses yeux s'alluma cette lueur ironique, incisive, presque mauvaise que la jeune femme avait déjà interceptée et qui l'inquiétait.

— Décidément, vous êtes une petite fouineuse, grinça-t-il. Je laisse échapper un mot et vous bondissez sur l'occasion...

— Eh, doucement ! explosa Patricia. Je viens

de vous préciser que je ne voulais pas être indiscrète. Là-dessus, vous me racontez je ne sais quoi sur votre blessure et votre cœur. Je m'en étonne et vous me traitez de fouineuse ! C'est vous qui provoquez les questions. Sachez que je n'ai jamais outrepassé mon rôle d'infirmière, monsieur Melville. Je suis là pour soigner vos plaies physiques et si mon comportement vous déplaît, demain je vous enverrai une des mes collègues.

D'un geste sec, Patricia referma sa trousse et se dirigea vers la porte. Mais Antoine l'avait précédée et se tenait dans l'embrasure.

— Ne partez pas, je vous en prie, dit-il d'un ton persuasif. J'ai eu une réaction stupide. Pardonnez-moi. Si vous saviez, vous seriez indulgente...

— Justement, je ne veux pas savoir, affirma-t-elle. Maintenant, laissez-moi passer.

— Non. Vous m'avez promis, ce matin, de rester un moment pour bavarder avec moi. J'exige que vous teniez cette promesse.

Un pas la séparait de Melville. Ils se défiaient du regard. Furieuse, Patricia fonça, décidée à le bousculer pour franchir le seuil de la porte.

Solidement appuyé contre le chambranle, Antoine avait prévu le coup : son bras cueillit la jeune femme et la plaqua sur sa poitrine.

Il avait une force herculéenne. Elle lâcha sa trousse et tenta de se dégager.

— Pas question de vous enfuir, petit oiseau,

murmura-t-il contre son oreille, qu'il effleura d'un baiser.

— Laissez-moi, protesta-t-elle se débattant déjà plus mollement.

— Oui, si vous acceptez un verre de champagne. J'ai besoin de vous parler, de vous sentir près de moi. Ne me refusez pas ce cadeau qui ne vous entraîne pas bien loin.

Elle releva la tête et leurs yeux se rencontrèrent. Il y avait dans ceux d'Antoine une prière si ardente qu'elle se sentit soudain privée de volonté. Et pendant qu'elle le dévisageait, éperdue, presque affolée, Melville se pencha vers elle et lui prit doucement les lèvres.

Vide de toute pensée, comme inconsciente, elle lui rendit son baiser puis, reprenant son sang-froid, elle détourna la tête.

— C'est idiot, murmura-t-elle.

— Je suis idiot, corrigea-t-il. Partez, puisque vous le désirez. J'espérais vous retenir mais nullement vous forcer à rester. Je me suis conduit comme un imbécile : je n'aurais pas dû vous embrasser. C'était si tentant, je n'ai pu résister. Sans le savoir ni le vouloir, vous m'avez rendu le goût de vivre. J'ai été si malheureux ! Il a fallu que vous surgissiez dans ma vie avec votre charme, vos mains agiles, vos yeux rieurs et profonds, votre sérieux et votre légèreté pour que je sente à nouveau les élans de mon cœur. Une certaine douceur m'est revenue comme par un coup de baguette magique.

Les paroles d'Antoine, soulignées par la musique de Schumann, soulevaient en Patricia des remous divers. Elle était attendrie, dévorée de curiosité et cherchait comment sortir de cette situation sans être ridicule.

Elle se baissa pour ramasser sa trousse et se releva en disant :

— Après tout, si vous avez du champagne au frais, j'en accepterai bien un verre, je meurs de soif.

— Voilà une saine réaction ! s'écria joyeusement Antoine.

Ils se regardèrent, éclatèrent de rire et tous deux, la main dans la main, se rendirent dans la salle de séjour où, comme la veille, brûlait un feu de bois.

Patricia s'installa dans le même fauteuil, en se demandant si la blessure d'Antoine n'était pas une tentative de suicide. Tout semblait indiquer qu'il venait d'éprouver une déception ou un chagrin d'amour. Mais comment le faire parler ? Chaque fois qu'elle avait essayé de lui arracher une confidence, il s'était cabré et l'avait vertement remise à sa place.

Clopin-clopant, Antoine allait du meuble-bar à la table. Ni lui ni Patricia n'avaient prononcé un mot depuis leur arrivée dans la pièce. Les yeux mi-clos, la jeune-femme feignait de se donner entièrement à la musique.

— Tchin ! dit enfin Antoine en levant son verre.

— Tchin ! répondit-elle.

— Vous savez, Patricia, je vais beaucoup mieux, et en grande partie grâce à vous.

C'était la première fois qu'il l'appelait par son prénom et elle voulut considérer cela comme une marque de confiance.

— Ce sont plutôt les piqûres et les médicaments qui vous ont tiré d'affaire. Je n'ai fait qu'exécuter les ordres du Dr Fontaine.

— Il est très bien, ce médecin, approuva Antoine. Intelligent, agréable, il vous met immédiatement à l'aise. Il a même beaucoup d'humour. Quand il est venu l'autre soir, il a réussi à me faire rire, et Dieu sait si j'en avais peu envie !

— Son humour doit être réservé à ses clients. Personnellement, il ne m'amuse pas. Je le trouve grognon et désagréable.

— Tiens ! c'est curieux. Il est peut-être misogyne ? Un homme normal, en face d'une femme comme vous, a d'abord envie de déployer tout son charme pour lui plaire.

— Je vous ferai observer que, vous-même, vous n'êtes pas toujours aimable.

— Chut ! Ne soyez pas rancunière...

Melville se tut. Il fixait les flammes. Son visage avait une expression triste et dure à la fois. Prudente, Patricia se garda bien de poser la moindre question.

— Pour que vous me compreniez, reprit-il au bout d'un moment, il faut que je vous avoue la vérité : je ne me suis pas blessé accidentellement, j'ai essayé de me suicider... Oh ! une histoire banale : une femme à qui j'avais donné beaucoup d'amour, m'a brusquement humilié, déçu...

Il s'interrompit pour tisonner le feu et continua :

— Quand je l'ai rencontrée, je possédais une certaine fortune. Puis, j'ai eu une mauvaise passe ; elle n'a pas eu la patience d'attendre que les choses s'arrangent. Elle m'a trahi, puis quitté. Le plus bête, c'est que, très vite après notre rupture, je me suis trouvé à la tête d'une très forte somme. Mais tous les rêves que j'avais faits autour d'elle, avec elle, s'étaient écroulés. Je suis venu passer un week-end ici, avec deux amis, pour essayer de réfléchir à l'emploi de ces millions que je venais de gagner. Mais sans elle, pourquoi, pour qui vivre ? J'ai bu un bon coup, j'ai pris mon revolver. Un de mes amis a surgi dans la pièce au moment où j'allais tirer. Il s'est précipité sur moi, il y a eu lutte, je suis tombé et la balle a dévié. Vous connaissez la suite : je n'ai pas voulu qu'on appelle un médecin et la plaie s'est infectée. Vous êtes venue, alors, au lieu de tout abandonner, j'ai tout remis en question.

— En un mot, vous avez réagi, fit observer Patricia, avec un solide bon sens. Le suicide n'est pas une solution, c'est une fin. Il y a tant de choses passionnantes à faire dans ce monde. Surtout avec des millions, puisque vous en possédez. Nous avons tous de mauvais passages, il faut lutter et vivre. Un jour, vous rencontrerez une femme qui vous fera oublier celle-là. Vous avez déjà la chance de jouir d'une bonne santé et vous avez de l'argent par-dessus le marché : ça aide bigrement, parfois...

Patricia s'interrompit, en se souvenant des problèmes qu'elle avait dû surmonter après la mort de Pierre.

Jeune et brillant chirurgien, misant, à l'issue de son internat, sur un avenir qui s'annonçait prometteur, Pierre Darmont s'était largement endetté.

Comme la plupart des ménages dont les revenus sont confortables, les Darmont avaient fait beaucoup d'emprunts et menaient un train de vie à la limite, sinon au-dessus de leurs moyens.

La fin prématurée de son mari avait laissé Patricia face à des obligations qu'elle ne pouvait tenir. Elle ne travaillait plus depuis la naissance de Nathalie, donc elle ne pouvait compter sur aucune rentrée d'argent. Et Darmont n'avait en banque qu'une somme dérisoire, car il dépensait au fur et à mesure ce qu'il gagnait.

La jeune femme avait donc dû tout vendre : la maison qu'ils n'avaient pas achevé de payer, ainsi que la plupart des meubles et le bateau ancré dans le port de Honfleur.

Grâce à son amie Anne Taverny, elle avait appris qu'un poste d'infirmière à domicile était disponible à Verneuil. Avec ses filles, elle y était donc venue recommencer tout à zéro...

— Oui, l'argent aide, répéta-t-elle. Personnellement, je n'ai pas à me plaindre. J'ai un métier que j'aime et qui me permet de vivre correctement. Mais je connais des gens qui font un travail qu'ils détestent pour un salaire de misère. Peut-être que s'ils n'avaient pas la télévision, ils se révolteraient ou se suicideraient.

— C'est vrai, approuva Antoine. Moi, pour rien au monde je n'exercerais une profession que je n'aime pas. Les autres n'ont qu'à en faire autant.

— Facile à dire. Ils ne sont ni éduqués ni armés pour se défendre.

— Alors, tant pis pour eux, je ne les plains pas. Je me suis toujours battu, tout seul. Alors, les autres... dit-il avec un geste de la main qui balayait ces « autres ».

Patricia se demandait quel était le travail d'Antoine. Elle n'arrivait pas à imaginer le genre d'occupations auxquelles il se livrait. Mais elle n'osait aborder cette question, craignant toujours d'être vertement rabrouée.

— Vous me trouvez peut-être amer et sans cœur, continua-t-il. Que voulez-vous... Mes parents ne m'ont jamais compris ni aimé. Puis j'ai cru en cette femme et elle ne m'a pas fait de cadeau non plus. Quand je me remets à penser à cette déception, j'en arrive à détester tous les êtres humains. Sauf vous, parce que je sais que votre présence ici, en ce moment, est gratuite.

— Vous oublierez, affirma Patricia avec force. Et vous rencontrerez quelqu'un qui vous aimera sincèrement.

Elle consulta sa montre et se leva :

— Il faut que je rentre. Mes filles et Jeannette vont s'inquiéter.

— Dommage. Je me sens tellement mieux quand vous êtes là, soupira-t-il. Et il enchaîna : à propos, vous avez la réponse de l'ami que vous avez invité pour le jour de Noël ?

— Pas encore.

— Pensez à moi, en cas de faux bond. D'ici là, je pourrai marcher, je pense. Cela me ferait vraiment plaisir de jouer ce rôle de « papa » pour Noël. Ainsi je connaîtrais vos filles, je verrais votre décor, les objets qui vous sont chers. Après, il me sera plus facile de vous imaginer à chaque instant du jour et de la nuit.

— C'est promis. Si mon ami ne peut pas, je ferai appel à vous. Nous en parlerons dans quarante-huit heures.

— Bon, alors, à demain matin.

— A demain matin. Avez-vous besoin de quelque chose ?

— Non. Mon copain me rapportera du ravitaillement en même temps que l'Alfa. Si jamais il prolongeait son séjour à Evreux, je vous téléphonerais. La ligne est réparée depuis ce matin.

Ils se serrèrent la main un peu plus longtemps qu'il ne convient. Il y eut entre eux un instant d'hésitation. Antoine esquissa un mouvement vers elle, puis se raidit. Elle se détourna et marcha vite vers la porte.

Melville écouta la voiture démarrer. Pensif, il resta quelques minutes immobile, puis se dirigea vers le téléphone et composa un numéro.

— Allô ! Paulo ? Passe-moi Gaby...

Il attendit un moment puis reprit :

— Allô ! Gaby ?... Feu vert pour rentrer.

Il écouta attentivement ce qu'on lui répondait et dit avec humeur :

— Non, elle ne se doute de rien. Mais on ne prend jamais assez de précautions...

⁂

En rentrant chez elle après que Patricia l'eut déposée devant sa porte, Anne Taverny trouva son mari au lit.

Elle laissa tomber le gros carton contenant la pelisse et se précipita :

— Jacques ! Mon Minou, que t'arrive-t-il ?

— Sais pas. La grippe, probablement. Je dois avoir au moins 40 de fièvre et j'ai mal partout, gémit-il.

— As-tu appelé Fontaine ?

— Non. Je n'en ai pas eu le courage... Tu vois bien dans quel état je suis, répondit-il d'un ton sinistre.

Comme beaucoup d'hommes, dès qu'il avait le

moindre bobo, Jacques Taverny se croyait à l'article de la mort.

Anne alla chercher le thermomètre.

— Prends ta température pendant que je téléphone à Eric.

Elle passa dans la pièce voisine et composa le numéro du groupe médical. Le Dr Fontaine était justement en consultation.

Il put néanmoins répondre personnellement à l'appel d'Anne et promit de se rendre chez elle dès que possible.

Jacques n'avait pas 40 de fièvre, mais 39°. Ce qui était tout de même beaucoup trop.

Morte d'inquiétude pour son Minou, Anne l'obligea d'abord à avaler deux cachets d'aspirine, puis une infusion et, quelques instants après, refit irruption dans la chambre avec une citronnade.

En outre, toutes les cinq minutes, elle venait demander :

— Comment te sens-tu ? en tapotant ses oreillers.

A la fin, exaspéré, il lui cria :

— Fiche-moi la paix. Je veux être seul, tranquille.

Enfin, Fontaine arriva. Anne le reçut à bras ouverts. Il n'était plus question de se moquer de lui, et ce dernier ne put réprimer un petit sourire ironique quand il entendit la jeune femme s'écrier :

— J'ai cru que vous n'arriveriez jamais ! Je

suis si inquiète pour Jacques. J'espère qu'il n'a rien de grave. Je compte sur vous pour me dire toute la vérité. Son sort est entre vos mains...

Le médecin stoppa ce flot de paroles :

— Voyons, Anne, d'après ce que vous m'avez dit par téléphone, je ne pense pas que Jacques soit atteint d'une grave affection. Ne dramatisez pas. Je connais bien votre Minou et je crois qu'il devra vous supporter pendant encore de longues années.

Là-dessus, il lui tapota la joue et entra dans la chambre.

Pendant presque une demi-heure, il ausculta et examina Taverny.

Anne n'avait jamais vu Eric dans l'exercice de son art. Depuis qu'il était installé à Verneuil, elle n'avait pas eu besoin de consulter un médecin. Elle savait qu'il avait la réputation d'être un excellent praticien, mais elle n'aurait jamais imaginé qu'il pût faire preuve d'autant de qualités humaines et professionnelles.

Quand il entreprit de rédiger l'ordonnance de Jacques, celui-ci était réconforté, souriant, assis bien droit dans son lit, bref, il n'était visiblement plus mourant.

— Ne me colle pas trop de médicaments, recommanda-t-il à Eric.

— Juste ce qu'il faut pour te remettre sur pied dans les trois jours. Tu as l'intention de réveillonner pour Noël, je suppose ?

— J'espère bien.

— Voyons, réfléchit Fontaine. Noël, c'est lundi. Le réveillon est donc dimanche soir et nous sommes mercredi. Un peu de régime, du repos à la maison, des boissons chaudes, du bouillon de légumes et de l'aspirine si tu as toujours de la fièvre et des courbatures. Moyennant quoi, tu seras en forme pour la traditionnelle dinde chez les parents d'Anne.

Le médecin et son malade échangèrent quelques plaisanteries. Ils s'étaient connus autrefois au lycée d'Evreux, puis, après s'être perdus de vue pendant plusieurs années, ils avaient renoué des liens amicaux depuis que Eric habitait Verneuil.

Etonnée, Anne Taverny découvrait un Fontaine qu'elle n'avait jamais soupçonné, très différent de ce qu'il était en face de Patricia Darmont.

En raccompagnant le médecin jusqu'à la porte de la maison, elle commença par le remercier chaleureusement :

— Vous avez été formidable avec Jacques. Il a le moral en flèche. Vous êtes sûr qu'il n'a rien de sérieux ?

— Non. Juste un petit coup de froid. Vous pouvez être tranquille, dorlotez-le et tout ira bien.

Elle allait lui ouvrir la porte, mais se ravisa :

— Dites-moi, toubib, sans être indiscrète, pourquoi êtes-vous si désagréable avec Patricia ?

Il fronça les sourcils :

— Je ne comprends pas ce que vous voulez

dire. Elle vous a confié qu'elle avait à se plaindre de mon attitude envers elle ?

— Non. Mais vous devriez faire un petit effort pour lui montrer le côté léger et détendu de votre caractère, tel qu'il vient de m'apparaître. Sans cela, mon vieux, la place que vous désirez secrètement risque de vous passer sous le nez.

Fontaine se raidit, le visage fermé.

— J'entretiens avec Patricia des relations amicales et surtout professionnelles. Vous vous trompez lourdement en insinuant que je brigue secrètement, une place dans sa vie.

— Menteur ! Et moi qui voudrais vous aider...

Le médecin eut un sourire amer.

— Merci. C'est inutile.

Et il ajouta d'un ton presque violent :

— Occupez-vous donc de ce qui vous regarde. Je sais ce que j'ai à faire. Au revoir.

Anne lui ouvrit la porte et il disparut dans la nuit.

Elle réfléchit quelques instants : « Ce crétin de Fontaine va se laisser supplanter par Melville. Patricia est-elle en train de miser le bon cheval ? »

Ainsi qu'elle en avait formé le projet, Anne décrocha le téléphone, composa un des numéros de la P.J. et demanda le commissaire Henri Capel.

— C'est toi, mon cousin ? Ça va ?

— Bien, merci. Que me vaut le plaisir d'entendre ta voix ?

— Voilà : il y a un type dans la région qui habite en ce moment une résidence secondaire appartenant à ses parents. Une amie à moi est tombée amoureuse de lui. Seulement, elle ne sait pas ce qu'il fait, ni d'où il vient, ni quel métier il exerce. Je voudrais que tu te documentes discrètement sur ce gars. J'ai le numéro de sa voiture...

Henri Capel lui répondit que rien n'était plus facile.

Il nota les renseignements que put lui fournir Anne et promit de la rappeler bientôt :

— Mais je ne saurais te dire quand. On a un travail fou en ce moment, soupira-t-il avant de remarquer : Entre-nous, elle est un peu idiote, ta copine, si elle n'arrive même pas à savoir quelle est la profession de son amoureux... »

CHAPITRE V

Eveillée bien avant l'heure, Patricia réfléchissait intensément. Elle avait mal dormi. Le souvenir du baiser qu'elle avait échangé avec Antoine la poursuivait, l'énervait, la dérangeait. Son sommeil, habituellement calme et profond, avait été coupé de longs moments d'insomnie.

Pendant ces périodes, elle avait fait une montagne de ce baiser. Elle se tournait et retournait dans son lit, essayant en vain de le chasser de sa mémoire et d'en minimiser les conséquences, qu'elle dramatisait dans l'angoisse de la nuit.

Un peu après six heures, en se levant, reprise par la réalité du quotidien, la jeune femme se sentit délivrée de ses fantasmes.

Après tout, pourquoi se torturer ? Arriverait ce qui devrait arriver entre Melville et elle. Certes, Antoine l'attirait fortement, mais rien ne laissait supposer, de part et d'autre, qu'ils se rapprocheraient davantage. Melville ne pouvait être si vite guéri d'une déception amoureuse qui l'avait conduit au bord du suicide. N'était-ce pas seulement dans des flambées de désarroi qu'il paraissait s'accrocher à elle ?

Cependant, bien qu'encore très ténus, des liens s'étaient créés entre eux. Et quand ils se trouvaient ensemble, Patricia avait la sensation que flottait dans l'air un tourbillon de pensées, de sentiments, les oppressant de plus en plus à chaque instant...

Dans la maison silencieuse, l'infirmière fit une rapide toilette et s'habilla avant de préparer son petit déjeuner. Jeannette et les filles, elles, ne quittaient leur lit qu'à sept heures et demie.

Patricia se levait si tôt pour être à la disposition de certains ouvriers ou employés qui devaient se faire soigner avant d'aller à leur travail. Dès sept heures du matin, on sonnait à sa porte, ce qui ne la faisait pas toujours sourire, surtout quand elle s'était couchée tard la veille. Les patients, eux, se trouvaient fort satisfaits de cet arrangement qui leur permettait de ne pas perturber leurs activités professionnelles.

Seule dans la cuisine, Patricia buvait son café, et son humeur devenait maussade. Elle était très contrariée par cette histoire de « papa » pour Noël. Maintenant, il lui fallait se résoudre à prendre Antoine. Elle n'avait vraiment personne d'autre sous la main.

« En tout cas, je ne lui dirai rien avant demain soir »... se promit-elle, espérant confusément que, d'ici là, il se passerait quelque chose.

Le premier client ne tarda pas à se présenter, puis deux autres. La maison s'agitait : Jeannette et les filles riaient devant leur chocolat. La journée commençait, apportant avec elle son cortège de joies et de peines.

A huit heures, au moment où Patricia allait partir en tournée, Anne Taverny arriva.

— Qu'est-ce qui t'arrive ? questionna l'infirmière. Tu as vingt minutes d'avance. Les petites n'ont pas fini de déjeuner.

— Je voulais te parler avant ton départ. D'abord, Jacques est malade... Rien de grave : un refroidissement. Je l'ai trouvé couché, hier, en rentrant d'Evreux. J'ai tout de suite appelé Eric. Il a été formidable.

— Je n'en doute pas. Tu as besoin de moi pour faire à ton mari une piqûre ou une prise de sang ?

— Non. Jacques doit seulement rester au chaud pendant trois jours. En ce moment, il dort. Et au lieu de boire mon café toute seule, j'ai eu l'idée de venir le prendre avec toi, avant d'emmener les filles.

Chaque matin, Anne Taverny venait chercher Laurence et Nathalie pour les conduire à l'école, où elle-même était institutrice. Elle les ramenait également le soir, tandis que Patricia se chargeait de leur transport à la sortie de onze heures et demie et à la rentrée de l'après-midi.

Patricia consulta sa montre :

— Je n'ai pas beaucoup de temps, mais je ne peux te refuser un café.

Elles s'installèrent dans la cuisine que les filles venaient de quitter pour aller se préparer, sous la surveillance de Jeannette.

— Je te disais qu'Eric avait été formidable avec Jacques... reprit Anne. C'est un tout autre homme lorsqu'il est dans l'exercice de son art. Il inspire confiance, vous redonne goût à la vie...

— Je sais, coupa Patricia, impatientée. Je finis par croire que son côté désagréable n'est réservé qu'à moi.

— Parce qu'il est amoureux. Tu devrais faire un effort pour te montrer plus gentille avec lui. Il a beaucoup de qualités.

— Si c'est pour me faire le panégyrique de Fontaine que tu as débarqué si tôt ici, tu aurais mieux fait de rester chez toi... Hier matin, tu te moquais d'Eric et, parce qu'il a soigné ton Minou, à tes yeux, il devient soudain un type sensationnel. C'est tout juste si tu ne prends pas parti pour lui contre moi.

Anne parut se résigner :

— Bon. Je vois que le fauve solitaire de la Haute-Folie a toujours la cote. A propos, tu lui as dit que tu avais vu sa voiture à Evreux ?

— Bien sûr ! Il l'avait prêtée à un ami. Quoi de plus naturel ?

— Tu ne lui as tout de même pas raconté ton numéro au Perroquet ?

Patricia reposa brusquement sa tasse de café :

— Evidemment non.

Mais la curiosité d'Anne n'était pas satisfaite.

— Ça s'est bien passé, entre vous, hier soir ? Il t'a fait des confidences ?

— Je n'ai pas le temps de te répondre. Mes malades m'attendent. Au revoir, à bientôt...

— N'oublie pas que tu déjeunes samedi à la maison. Jacques sera rétabli, ou à peu près. Je l'espère, car dimanche, nous devons réveillonner chez mes parents, à Paris...

***

Ce matin-là, quand Patricia stoppa devant la Haute-Folie, l'Alfa-Roméo était à sa place habituelle et dans la maison régnait de nouveau un grand désordre.

— Mon copain Alex a débarqué ici hier soir avec sa petite amie, expliqua Antoine. Ils dorment encore. Nous avons dîné tard et discuté jusqu'à deux heures du matin...

— Eh bien, vous avez eu enfin un peu de distraction. J'espère que cela vous a changé les idées.

— Un peu, mais rien ne vaut un tête-à-tête avec vous. Ce soir, je serai seul : les tourtereaux retournent à Evreux, avec ma voiture. Puis-je compter sur vous, pour rester prendre le petit verre de l'amitié.

— Peut-être, si les malades m'en laissent le temps.

Elle disait : « peut-être », sachant bien qu'elle resterait sûrement. Et Antoine le savait sans aucun doute aussi, car il la regarda partir avec un sourire amusé.

Durant la journée, l'infirmière n'eut guère de répit tant il y avait de malades à soigner. Elle réussit néanmoins à se réserver une heure de détente.

Antoine la reçut avec une gaieté qu'elle ne lui avait jamais vue. Dans le pavillon de chasse, tout était rangé et de la chaîne stéréo s'échappait cette fois, le thème de la « Petite musique de nuit », de Mozart.

Les soins se firent rapidement. Melville allait de mieux en mieux : sa blessure se cicatrisait normalement et il commençait à s'appuyer sur son pied.

— Vous allez bientôt pouvoir conduire et regagner Paris, lui dit-elle, tandis qu'ils se dirigeaient vers la salle de séjour.

— Peut-être, entre Noël et le premier janvier.

— Avant de partir, il faudra que vous preniez un rendez-vous chez le Dr Fontaine, pour qu'il vous examine et signe votre reprise de travail.

Antoine leva les sourcils et se mit à rire :

— Je pense que c'est inutile. Je n'ai ni l'intention ni le besoin de travailler.

Patricia s'abstint de tout commentaire et prit place dans le fauteuil qui était devenu le « sien ».

VIENS DANS MES REVES

Comme les autres soirs, Melville déboucha le Dom Pérignon, remplit les verres et s'installa à côté de l'infirmière.

— Je vois que je vous pose un problème, reprit-il. Evidemment, c'est étonnant d'entendre de tels propos. Hier soir, je vous ai confié que je venais de gagner beaucoup d'argent. C'est vrai. Depuis environ cinq ans, je suis associé avec deux camarades dans une affaire d'import-export. Nous avons eu des hauts et des bas. Puis, depuis un mois, nous avons décroché, coup sur coup, d'importants marchés. D'abord en Afrique et au Proche-Orient, où nous avons vendu pour des millions de matériel électrique. En outre, j'ai pu acheter à bas prix aux Japonais une énorme quantité de vêtements, de postes de radio, de télévision, et je viens d'en revendre la quasi-totalité en France et dans plusieurs pays d'Europe.

Patricia ne connaissait rien aux affaires et encore moins à l'import-export. Elle savait néanmoins que des gens s'étaient rapidement enrichis en se livrant à ce genre d'activité.

L'infirmière, qui travaillait tant pour joindre les deux bouts, trouvait cela franchement indécent. Et encore, elle ne devait pas se plaindre, il y avait tellement de gens moins favorisés qu'elle !

— Mais pour acheter ces marchandises en si grandes quantités, il faut disposer d'énormes capitaux, observa-t-elle.

Antoine sourit ironiquement :

— Le truc, c'est de vendre en même temps que d'acheter. Ou de s'arranger avec une banque qui accepte de vous couvrir pendant quelque temps.

— Tout ça, c'est du chinois pour moi... Expliquez-moi plutôt pourquoi, puisque vous réussissez si bien, vous ne voulez pas continuer ?

Soudain rêveur, Melville soupira en fixant les petites bulles qui montaient à la surface de son verre.

— Continuer ? Je n'y ai jamais songé. Pendant des mois, je me suis crevé à mettre sur pied ces affaires qui devaient me rapporter gros d'un seul coup. Avec la somme que je savais pouvoir en tirer, j'avais échafaudé certains projets...

Il s'arrêta, but une gorgée de champagne et poursuivit :

— A l'époque, il y avait « Elle ». Pour elle et moi, pour nous deux, enfin, j'avais rêvé d'une vie différente de celle que l'on mène dans ce pays. Oui, je rêvais d'arbres, de fleurs, de liberté, de clairs de lune enchantés et de mers phosphorescentes... Comme je vous l'ai dit hier, elle n'a pas eu la patience d'attendre. Il me reste mes rêves, ou plutôt, grâce à vous j'ai retrouvé mes rêves. Je les réaliserai seul... Bien sûr, ce ne sera pas tout à fait la même chose.

— Allons ! un jour, vous oublierez cette femme. Vous souffrez encore...

— Non, coupa-t-il avec violence. Je ne souffre

plus à cause d'elle. Je me rends compte de ce qu'elle était en réalité et je me demande même comment j'ai pu l'aimer. Je suis furieux de m'être trompé ! Quand je pense que je suis allé jusqu'au suicide pour une femme qui n'en valait pas la peine ! Ses qualités, je les inventais. Je la voyais telle que je la désirais. Maintenant, ces parures dont je la couvrais avec amour sont tombées comme un tas de chiffons.

— Comme vous le dites, il vous reste vos rêves. Et aussi l'argent que vous avez gagné pour les réaliser. Ce n'est déjà pas si mal. Et puis, si elle était comme vous la décrivez, vous êtes bien mieux tout seul.

— Seul, oui, je suis très seul. Sauf quand vous êtes là.

Patricia n'avait pas envie de jouer les bouche-trous. Aussi s'empressa-t-elle de détourner la conversation :

— Dans quels pays avez-vous l'intention de vous installer ?

— Quelque part dans une île du Pacifique. J'aurai une maison dominant la mer, un bateau avec de grandes voiles...

Le cœur de l'infirmière se serra. Elle se souvenait de leur bateau, à Pierre et à elle. Ce voilier ancré dans le port de Honfleur. Eux aussi avaient rêvé de partir un jour vers les îles du Pacifique...

— Finalement, vous avez de la chance, murmura-t-elle, tristement remuée par une foule de souvenirs.

— Et vous, n'auriez-vous pas envie d'être riche et de tout quitter, pour vivre loin d'ici ? questionna Melville.

Il la regardait avec une expression étrange, comme s'il espérait qu'elle lui répondrait : « Oui, emmenez-moi avec vous ».

— Je ne peux envisager une telle éventualité, prononça-t-elle avec un sourire forcé. Primo, je ne serai jamais riche. Secundo, j'ai deux filles à élever. Tertio, je me contente de ce que j'ai.

Antoine n'insista pas. Ils échangèrent quelques banalités sur la musique et les premières émissions de télévision, puis Patricia prit congé.

Clopin-clopant, Melville la raccompagna jusqu'au perron :

— A demain, comme d'habitude, dit-il en lui serrant la main.

— Une habitude qui ne durera pas, rétorqua-t-elle. Samedi, mon rôle auprès de vous se terminera.

— Il me reste encore deux jours à profiter de vos soins. Je vous verrai donc quatre fois encore. Et il y a ma candidature de « papa » pour Noël. J'espère de plus en plus que la place sera libre.

— Cela, je n'en sais rien encore... Bonsoir. Et merci pour le champagne.

Patricia rentra chez elle de mauvaise humeur. Ces longs tête-à-tête avec Melville dérangeaient sa tranquillité de cœur et d'esprit. Elle avait l'impression de jouer avec le feu. Elle avait peur de se brûler et, en même temps, elle s'approchait toujours davantage de la flamme qui l'attirait irrésistiblement.

L'infirmière avait presque décidé d'annoncer à ses filles qu'il n'y aurait pas de « papa » pour Noël mais, quand les petites se jetèrent dans ses bras, elle se sentit désarmée et remit sa décision au lendemain.

⁂

Le vendredi, comme chaque matin, elle courut d'une maison à l'autre et soigna rapidement Melville. Elle le quitta au bout d'un petit quart d'heure. Cette fois, ils se séparèrent sans qu'il fût question de champagne pour le soir et sans qu'il fît la moindre allusion à la réponse qu'elle devait lui donner au sujet du « papa » pour Noël.

Pendant le déjeuner, après avoir raconté leurs histoires d'école, les petites échangèrent un coup d'œil complice et Laurence dit, l'air innocent :

— Demain, on est en vacances et lundi, c'est Noël.

Nathalie enchaîna aussitôt :

— Chez Rosine Verdoux, ils ont invité une

grand-mère pour le déjeuner. C'est une dame qui est à l'hôpital. Elle n'a plus d'enfants et chez les Verdoux, ils n'ont plus de grand-mère.

Patricia se sentit au pied du mur. Elle sourit et articula :

— C'est très bien de la part des Verdoux. Cette dame, qui est toute seule à l'hôpital, sera certainement heureuse de passer le jour de Noël dans une famille.

— Maintenant, dans toute l'école, il y a des enfants qui demandent à leurs parents de prendre une grand-mère, expliqua Nathalie. C'est ma maîtresse qui en avait parlé la première et toutes les autres maîtresses ont fait pareil. Celle de Laurence aussi.

Patricia frémit : l'institutrice de Laurence n'était autre qu'Anne Taverny !

— Ah ! Oui... Dans ta classe aussi, Laurence ? interrogea-t-elle avec un sourire embarrassé.

La petite hocha la tête en signe d'assentiment :

— Moi, j'ai demandé à la maîtresse si on pouvait avoir un papa au lieu d'une grand-mère.

L'infirmière faillit s'étrangler. Elle but une gorgée d'eau, poussa un grand soupir et questionna en s'efforçant de conserver un air naturel :

— Et que t'a répondu ta maîtresse ?

— Que c'était une bonne idée aussi. Surtout si le monsieur qui viendrait pour Noël était un gentil monsieur tout seul et malheureux, comme tu en soignes. Elle a dit que tu choisirais bien.

« La traîtresse, elle me le paiera ! » fulmina intérieurement Patricia.

— Je ne vois pas pourquoi il faut qu'il soit malheureux ? répliqua-t-elle.

— Peut-être pour qu'on le console ? répondit Nathalie.

— Moi, j'aimerais mieux qu'il soit pas malheureux et qu'il joue avec nous, dit Laurence.

— En effet, ce serait préférable, approuva l'infirmière. D'ailleurs, je n'ai jamais eu l'intention de vous amener quelqu'un de triste.

Il y eut un moment de silence et Nathalie posa la question qui lui brûlait les lèvres :

— Dis maman, tu l'as trouvé, ce « papa » pour Noël ? Mardi, tu nous as promis de nous donner la réponse après trois jours. Et on est vendredi...

— Cela fera trois jours seulement ce soir, éluda Patricia. Vous aurez la réponse demain à midi, après l'école.

Elle cherchait à gagner du temps, surtout pour que les petites n'aillent pas claironner dans le groupe scolaire que leur mère avait invité un « papa » pour Noël. Tout Verneuil serait immédiatement au courant. Que de commentaires !

Les visages de Nathalie et de Laurence s'allongèrent.

— Ne faites pas cette tête-là, ordonna Patricia. Et puis, tâchez de tenir votre langue à l'école. Si vous voulez un « papa » pour Noël, cela doit rester un secret entre nous. Sinon, je n'inviterai personne. Compris ?

Quand leur mère parlait sur ce ton, les filles savaient qu'elles devaient se tenir tranquilles et elles se gardèrent bien d'insister. Après tout, maman n'avait pas dit « non ». Donc, elles l'auraient, leur « papa » pour Noël...

⁂

Quand Patricia annonça à Melville que l'ami qu'elle avait pressenti pour le déjeuner de Noël s'était récusé, elle se sentit soulagée d'un grand poids.

Finies les tergiversations. Au fond, elle avait fait une montagne de peu de chose. Puisqu'il fallait inviter quelqu'un, pourquoi pas Melville ?

Elle avait choisi le moment de la piqûre, moment où Antoine se trouvait en état d'infériorité. Avec une aiguille plantée dans la fesse, on est bien obligé de rester tranquille...

— Vous êtes toujours volontaire pour tenir le rôle de papa pour Noël ? demanda-t-elle en injectant le liquide lentement.

— Et comment ! répondit-il.

Il essaya de lui jeter un regard triomphant, mais elle avait les yeux fixés sur la seringue.

— Y aura-t-il d'autres invités ? Des amis ou des parents ? questionna-t-il comme elle achevait la piqûre.

— Non. Vous serez seul avec nous trois. C'est même moi qui ferai la cuisine, car Jeannette sera dans sa famille. Ma mère va chez mon frère dans le Midi. En revanche, nous allons chez elle, à Paris, pour le premier janvier. Quant aux amis, ce jour-là, ils sont en général tous pris.

— Eh bien ! tant mieux. Comme ça, nous serons vraiment dans l'intimité, dit Antoine en se levant.

— Mais vous-même, n'attendez-vous pas des amis pour les fêtes ? Dans ce cas, vous pourriez être gêné de les laisser seuls...

— Pas du tout, assura-t-il. Mon copain Alex et sa petite amie Valérie sont toujours à Evreux avec ma voiture. Ils viendront dimanche déjeuner avec moi. Le soir, nous irons réveillonner ensemble dans un restaurant des environs. Enfin, le jour de Noël, ils retourneront à Evreux, dans la famille de Valérie, sans doute pour fixer la date de leur mariage. En fin de journée, Alex me ramènera l'Alfa et prendra à Verneuil le train pour Paris.

Patricia réfléchit, l'air soucieux.

— Il faudra donc que je vienne vous chercher... à moins que je n'envoie quelqu'un. Je n'aime pas laisser les petites seules à la maison. A la rigueur, je pourrais les emmener avec moi, mais il y aura le déjeuner à préparer.

— Alex pourra me déposer à Verneuil en allant à Evreux. Dites-moi exactement où vous habitez.

— C'est facile. Vous connaissez la ville ?

— Pas très bien. Venez dans le living, vous allez me faire un plan.

Quelques minutes plus tard, installée dans « son » fauteuil, un bloc de papier sur les genoux, Patricia se mit en devoir d'exécuter un dessin de son quartier à l'intention de Melville.

— Voilà : vous entrez par là dans Verneuil, vous tournez à gauche, puis encore à gauche et vous arrivez dans la rue Saint-Marcel. C'est au 126. Une maison à colombage. A côté, il y a un porche qui s'ouvre sur une petite cour, où je gare ma voiture. Cette cour même donne sur un bout de jardin.

— Très bien, dit Antoine en pliant soigneusement le papier. Je serai très heureux d'aller chez vous lundi. La seule ombre, c'est que je ne vous verrai pas dimanche. Cela fait quatre jours que vous venez matin et soir. Je me suis terriblement habitué à votre présence.

— Oui, demain samedi, mon rôle d'infirmière auprès de vous se terminera.

Antoine hésita un moment.

— Puis-je espérer que, dans l'avenir, vous accepteriez de jouer un plus grand rôle dans ma vie ? demanda-t-il en posant sa main sur celle de la jeune femme. Un rôle principal...

— Je... je ne sais pas, murmura-t-elle. Je vous en prie, il est encore trop tôt pour en parler sérieusement.

Doucement, elle retira sa main. Mais la chaleur

de celle d'Antoine l'avait troublée. Elle en avait les joues en feu.

— Un verre de champagne ? proposa-t-il en esquissant un mouvement pour se lever.

— Non, merci. Pas ce soir. Il faut que je rentre de bonne heure. Jeannette sort avec son fiancé...

Patricia mentait. Mais après la proposition que venait de lui soumettre Antoine, elle paniquait. Elle ne voulait à aucun prix engager son avenir. En même temps, elle redoutait de céder aux élans de son cœur et de son corps, qui la poussaient vers Melville.

Celui-ci eut le tact de ne pas la retenir et elle s'envola comme un oiseau effarouché.

⁂

Le lendemain samedi, vers midi et demie, quand Patricia entra chez les Taverny, Anne était occupée à mettre le couvert.

— Je ne suis pas en avance, dit la jeune femme. En sortant de l'école, j'ai dû faire quelques courses...

— Aucune importance, je ne suis pas pressée aujourd'hui. Tiens ! nous sommes quatre. Qui as-tu invité ?

— Eric Fontaine.

Voyant que Patricia faisait la grimace, Anne ajouta vivement :

— C'est Jacques qui l'a voulu.

— Au fait, comment va-t-il, ton Minou ?

— Il est complètement remis. En ce moment, il nous mijote une sauce madère. Eric l'a merveilleusement bien soigné.

L'infirmière eut un geste d'impatience :

— N'exagérons rien : Jacques n'avait qu'un petit coup de froid. Sans critiquer la science et les dons d'Eric Fontaine, le cas de ton Minou était à la portée d'un débutant.

Anne sentit qu'il ne fallait pas insister. Elle posa un bouquet de fleurs sur la table et dit à Patricia :

— Allons remplacer Jacques au fourneau. Il est en robe de chambre et il est temps qu'il s'habille.

Dans la cuisine, Taverny officiait avec des airs de grand prêtre. Il embrassa l'infirmière et lui confia la surveillance de sa sauce.

— Attention. Ne la laisse pas bouillir, recommanda-t-il avant de disparaître dans sa chambre.

Aussitôt, Anne, tout en épluchant la salade, demanda à son amie :

— Comme ça se passe entre Melville et toi, depuis avant-hier ?

— Très bien. Je suis maintenant renseignée sur son compte. Antoine est directeur d'une affaire d'import-export...

Anne sifflota entre ses dents puis, avec son habileté coutumière, elle lança Patricia sur la voie des confidences.

Tout en lui avouant qu'entre Melville et elle,

il pourrait peut-être un jour se nouer des liens sentimentaux, l'infirmière se garda de parler de la proposition qu'il lui avait faite la veille.

Les deux femmes commentaient le suicide raté d'Antoine, quand on sonna à la porte.

— Ce doit être Eric, dit Anne, regrettant de devoir interrompre cette passionnante conversation.

Mais Jacques traversa la cuisine en trombe :

— Ne bougez pas, je vais ouvrir ! dit-il au passage.

— Parfait. Offre un verre à Eric pendant que nous terminons ici...

L'intermède avait permis à Patricia de réaliser qu'elle en avait trop dit. En tout cas, plus qu'elle ne l'avait voulu. Mais Anne était sa meilleure amie, alors, à qui d'autre se confier ?

— Tu sais tout, maintenant. Je n'ai plus rien à t'apprendre, dit-elle en baissant le feu sous la casserole qui contenait la sauce.

— Tu ne m'as pas dit si tu invitais Melville le jour de Noël ?

— Oui, c'est lui que j'ai choisi. Mais je te prie instamment de ne pas en parler devant Eric. Jure-le-moi.

— Je te le jure...

Le déjeuner se déroula sans incident. Fontaine parla beaucoup avec Jacques, un peu avec Anne et pratiquement pas avec Patricia.

Anne fit de louables efforts pour détendre

l'atmosphère entre l'infirmière et le médecin. En vain.

Son café à peine avalé, le médecin se leva de table :

— Excusez-moi, mes consultations commencent à treize heures trente.

Jacques Taverny ignorait l'histoire du « papa » pour Noël et l'existence d'un nommé Melville. Il savait néanmoins que son ami Eric était très amoureux de Patricia. Entre hommes, il arrive aussi que l'on se fasse des confidences.

— Désolé de te voir partir si vite, mais je sais bien que tu ne peux pas faire autrement. Passe de bonnes fêtes. Nous, nous partons demain dans la famille d'Anne. Et toi ? Tu vas chez tes parents ?

— Non. Lundi, je suis de garde jusqu'à dix-huit heures et mes parents sont partis pour la montagne.

Taverny demanda à Patricia, en lui jetant un regard très significatif :

— Toi aussi, tu es de garde, lundi ?

— Non. Moi, c'est demain dimanche. Je me suis arrangée pour être avec les filles le jour de Noël.

Voulant absolument jouer le jeu de son ami Eric, Jacques continua :

— Finalement, vous allez être seuls tous les deux pendant ces jours de fête. C'est ridicule, vous devriez...

Mais Anne empêcha son mari d'aller plus loin :

— Minou ! Tu m'as toujours dit qu'il ne fallait jamais se mêler des affaires des autres. Patricia et Eric s'organisent comme ils l'entendent.

Ceci avait été souligné par un violent coup de pied envoyé sous la table dans les tibias de son mari.

Renonçant à comprendre, Taverny raccompagna Eric à la porte. Tandis que les deux femmes débarrassaient la table, il tourna le bouton du poste de télévision et s'installa philosophiquement dans un fauteuil.

CHAPITRE VI

La vaisselle rangée, Anne Taverny décida de se laver les cheveux. Patricia était partie depuis un moment et Jacques venait de sortir dans Verneuil, à la recherche de deux ou trois cadeaux de Noël.

Au moment où elle pénétrait dans la salle de bains, quelqu'un sonna à la porte de la maison. Anne alla ouvrir en se promettant d'expédier l'intrus.

Elle se trouva face à face avec son cousin, le commissaire Capel.

— Henri ! Quelle surprise ! Entre donc. Qu'estce qui t'amène ici ?

— Je vais à Alençon pour une enquête. En passant, je me suis arrêté pour te dire bonjour...

Henri Capel n'avait rien du policier classique tel qu'on se l'imagine. Il portait des pantalons de velours, un blouson doublé de fourrure sur un pull rouge vif à col roulé.

Il avait une trentaine d'années et était fort beau garçon. Avec ses cheveux mi-longs et légèrement ondulés, ses grands yeux verts, son allure nonchalante, on aurait pu le prendre pour un acteur, mais certainement pas pour un flic.

Capel suivit Anne dans la salle de séjour et accepta volontiers le whisky que sa cousine lui proposa.

— Ça va mieux, ton mari ? demanda-t-il.

La jeune femme lui donna des nouvelles de son Minou et enchaîna :

— Je ne te l'ai pas dit, l'autre jour au téléphone : l'amie qui est amoureuse de Melville, ce type sur lequel je t'ai demandé des renseignements, c'est Patricia. Tu as dû la connaître : quand nous étions étudiantes à Rouen, nous faisions ensemble des petites virées à Paris. Nous sommes même sorties une ou deux fois avec toi...

— Très juste. Je me souviens de cette fille. Elle a épousé un chirurgien qui s'est tué en voiture.

— Oui. Depuis, Patricia est infirmière ici. Elle soigne les malades à domicile, c'est comme ça qu'elle a connu Melville. Elle s'est entichée de lui. Si je t'ai téléphoné, c'est parce que je trouve curieux qu'il lui cache tout de sa vie. Enfin, maintenant, il l'a mise au courant. Alors, ne te casse pas la tête si tu n'as pas eu le temps de prendre des renseignements. C'est devenu inutile.

Capel but une gorgée de whisky.

— Justement, j'ai des renseignements, dit-il en reposant son verre. Cela n'a pas été bien compliqué. C'est un inspecteur débutant qui a fait le travail. Dis-moi donc ce que tu sais : j'aimerais savoir si ce que Patricia t'a dit concorde avec le rapport qui m'a été donné.

— Eh bien, Antoine Melville est associé dans une affaire d'import-export. Exact ?

— Exact, acquiesça le commissaire.

— Il vient de gagner énormément d'argent avec l'étranger. Ses parents sont en Amérique.

— Qu'entends-tu par énormément d'argent ?

— D'après ce que j'ai pu comprendre, peut-être trois ou quatre millions, nouveaux naturellement. Enfin, de quoi partir dans une île et y couler des jours heureux.

— C'est juste. Il a donc dit la vérité.

— Tant mieux ! soupira Anne. A dire vrai, je préfère que tu me confirmes ce que m'a raconté Patricia. Je n'étais pas tout à fait tranquille, comme s'il y avait un mystère dans cette Haute-Folie.

Henri Capel leva les sourcils d'un air étonné.

— Un mystère ? Il y a quelque chose qui te trouble ? Mais as-tu rencontré cet Antoine Melville ?

— Non. Je ne l'ai jamais vu. Patricia ne veut pas.

Le commissaire réfléchit un moment.

— Il n'y a rien d'extraordinaire sur Melville dans le rapport qui m'a été fait. Je ne vois pas ce qui peut t'intriguer. Tu me dis que Patricia soigne cet homme ? Il a peut-être une grave maladie, et ton amie, liée par le secret professionnel, n'a pu te parler franchement de son client. C'est sans doute cela qui t'a paru bizarre.

— Pas du tout. En fait de maladie, Patricia m'a tout expliqué sous le sceau du secret : il s'agit d'un suicide raté. Mais la version officielle est que Melville s'est blessé en nettoyant son revolver.

— Classique, murmura Capel. Un suicide raté... Une histoire de femme, bien entendu.

— Oui, acquiesça Anne.

Lancée, elle raconta à son cousin tout ce que l'infirmière lui avait confié le matin même.

— Je sais, cela n'a rien d'extraordinaire, mais il y a autre chose, commenta-t-elle avant de poursuivre son récit.

Et Anne rapporta l'histoire des trois couverts aperçus dans la cuisine de la Haute-Folie, le bruit au premier étage, soi-disant provoqué par le chat, l'incident de l'Alfa-Roméo trouvée dans une petite rue d'Evreux, puis leur halte au Perroquet, et enfin la manière dont elles avaient été reçues dans ce bar.

— Tous ces détails m'avaient troublée, d'autant que ce jour là, avant-hier donc, Patricia se sentait déjà fortement attirée par Melville, conclut Anne. Tu comprends, il ne l'avait pas encore éclairée sur lui. C'est pourquoi je t'ai téléphoné : je voulais savoir si Patricia était tombée sur un garçon correct. Elle a un bon métier, une gentille maison, deux petites filles adorables. Elle mérite un type bien et pas un fainéant ou un marginal qui la ferait trimer pour lui...

— Je ne crois pas que ce soit le cas, dit calmement Capel. De toute façon, je suppose que ton amie et Melville n'en sont pas encore au point d'envisager de faire leur vie ensemble ?

Anne fronça les sourcils d'un air préoccupé :

— D'après Patricia, cette éventualité a été soulevée entre eux, hier soir. Elle ne me l'a pas dit franchement, mais j'ai bien compris. Cependant, sois tranquille, dès lundi, je saurai de quoi il retourne : je ménage à Patricia une petite surprise à ma manière.

Henri Capel regarda sa cousine :

— Que mijotes-tu encore ? demanda-t-il, l'œil mi-moqueur, mi-inquisiteur.

Anne lui expliqua l'histoire du « papa » pour Noël et comment l'infirmière avait fini par choisir Melville.

— Il doit donc déjeuner chez elle le jour de Noël. Jacques et moi, nous allons à Paris chez mes parents, dimanche soir, pour le réveillon. Mais lundi, je m'arrangerai pour que nous soyons de retour à Verneuil assez tôt pour porter nos cadeaux à Patricia et à ses filles... assez tôt pour que ce fameux Melville soit encore rue Saint-Marcel. Ainsi, je pourrai me faire une opinion.

— Pas mauvaise, ton idée, approuva Capel.

Il réfléchit un instant et poursuivit :

— As-tu de l'influence sur Patricia ?

Anne eut une moue dubitative.

— A-t-on jamais une influence quelconque sur une femme amoureuse ? Pourquoi me demandes-tu cela ?

— Pour que tu lui conseilles d'être prudente vis-à-vis de Melville. Il ne faut tout de même pas qu'elle s'emballe trop vite et à fond. Trois millions, une île dans le Pacifique, c'est tentant pour une jeune veuve qui trime du matin au soir. Seulement, il y a toujours le revers de la médaille. N'oublions pas qu'il y a juste huit jours que cet homme a tenté de se suicider à cause d'une femme. J'estime qu'il se console trop vite d'un chagrin qui l'avait conduit si près de la mort.

— Moi aussi, approuva Anne. C'est pourquoi j'ai l'intention de faire irruption chez Patricia, le jour de Noël. Je verrai bien si ce Melville est réellement amoureux d'elle. Fais-moi confiance : si je m'aperçois que ce type n'est pas sincère, je lui ferai sa fête...

Capel ne put s'empêcher de rire :

— Là-dessus, je suis tranquille : tu sortiras tes griffes de tigresse.

Et redevenant sérieux, il ajouta :

— Ecoute-moi bien : je n'ai rien contre Melville. Sa situation est régulière. Cet homme, que je ne connais pas, ne m'intéresse donc en aucune manière. Mais il y a Patricia. J'ai gardé d'elle un souvenir très vif. En effet, du temps où elle et toi faisiez vos études à Rouen, nous sommes sortis, non pas deux, mais trois fois ensemble. Elle me plaisait beaucoup, et plus encore. Mais elle fréquentait déjà Darmont, alors, j'ai laissé tomber. Cependant, j'ai longtemps eu un petit pincement au cœur quand j'évoquais son visage, son rire, ses grands yeux profonds comme la mer...

Visiblement ému, il s'arrêta, se racla la gorge et acheva d'une traite son verre de whisky.

Anne, qui n'en croyait pas ses oreilles, dévisageait son cousin avec stupeur.

— Toi ! Tu étais amoureux de Patricia... Et je ne m'en suis pas aperçue ! Tu aurais dû me le dire...

— Merci. Tu t'en serais mêlée, et quel gâchis ! N'oublie pas que ton amie ne pensait alors qu'à son interne en chirurgie. Je n'avais aucune chance.

— C'est vrai, reconnut Anne. Mais aujourd'hui, est-ce que par hasard tu aurais l'intention de revoir Patricia ? Tu n'es toujours pas marié. Evidemment, je ne te fréquente pas assez pour connaître ta vie sentimentale. Tu es terriblement occupé par ton métier et quand nous nous retrouvons, c'est au restaurant, à Paris, au cours d'un rapide déjeuner près de ton bureau. Au fond, depuis des années, nous n'avons guère eu l'occasion de bavarder ensemble.

Henri Capel se leva, arpenta deux ou trois fois la pièce et revint s'installer dans son fauteuil.

— Petite cousine chérie, prononça-t-il d'un ton désinvolte, pour te mettre au parfum, comme on dit, sache que je n'ai pas du tout envie de reprendre contact avec Patricia. Après si longtemps, je ne retrouverais plus la même femme et je risquerais d'être déçu. En outre, depuis des années, je suis quand même consolé, et ma vie sentimentale fait de moi un homme comblé. Non, ce que je veux, c'est qu'il n'arrive rien de fâcheux à Patricia.

Anne alluma une cigarette. Instinctivement, elle sentait qu'Henri lui cachait quelque chose. Mentait-il en affirmant qu'il refusait de revoir Patricia ? Mais il avait été au courant de la mort de Darmont quatre ans auparavant... Rien n'aurait pu l'empêcher de renouer avec la jeune veuve, dont sa cousine était l'amie intime.

Alors, que voulait au juste Henri ?

— Je t'entends bien, mon cousin, dit Anne, tu veux qu'il n'arrive rien de fâcheux à Patricia... D'accord, moi non plus, d'ailleurs. Mais enfin, réfléchis : ce Melville est en principe un type correct qui gagne honorablement et très largement sa vie. Il est célibataire, elle est disponible. S'ils s'aiment, que peut-il arriver de fâcheux, à ton idée ?

Capel se resservit une large rasade de whisky.

— Ce que tu redoutes toi-même : que Melville ne soit pas sincère et qu'il fasse marcher Patricia. Soit pour se venger des femmes, soit pour se distraire en attendant son billet d'avion pour les îles du Pacifique.

Il s'arrêta un temps et reprit :

— Dis-moi : depuis que Patricia est installée

à Verneuil, il y a certainement plusieurs hommes qui se sont intéressés à elle ?

— Evidemment. Il y en a même qui sont fous d'elle : le jeune préparateur de la pharmacie Duval, un prof du lycée et sans doute Eric Fontaine, le médecin qui vient de soigner Jacques. Fontaine aurait peut-être eu une chance, s'il ne devenait pas complètement idiot dès qu'il se trouve en face de Patricia. C'est invraisemblable, une chose pareille ! Pourtant, ils se voient fréquemment, pour des raisons de métier... et Eric va souvent chez Patricia sous divers prétextes, d'ailleurs cousus de fil blanc. Au bout de cinq minutes, ils échangent des propos aigres-doux et notre toubib se transforme en ours mal léché.

— Et elle ? Avant de connaître Melville, a-t-elle eu un penchant pour quelqu'un ?

Anne chercha dans sa mémoire et secoua négativement la tête :

— Je ne vois pas. Elle est quelquefois sortie à droite et à gauche, mais jamais régulièrement avec le même garçon.

— Bon, dit Capel en se levant après avoir consulté sa montre. Il faut que je te quitte, je dois être à Alençon avant six heures. J'en repartirai demain, mais je serai sans doute obligé d'y retourner mardi. Je m'arrêterai en passant. Tu me diras ce qui se sera passé entre Melville et Patricia.

— Viens déjeuner. Tu verras Jacques, il ne travaillera pas. Mardi, les banques sont fermées. Je pourrais inviter Patricia...

— Entendu. A mardi, je compte sur toi pour me faire un rapport circonstancié, dit le commissaire en embrassant Anne.

Elle l'accompagna jusqu'à sa voiture et revint, perplexe, dans la salle de séjour.

Henri était bizarre. Il lui cachait quelque chose. Pourquoi s'inquiétait-il brusquement ainsi, au sujet de Patricia ?

***

C'est un Melville au menton rasé qui accueillit Patricia ce soir-là, le soir de la dernière piqûre.

— Vous êtes mieux ainsi, affirma-t-elle sincèrement.

Elle n'ajouta pas qu'elle le trouvait beau, très beau même...

— Le jour de votre première visite, je vous avais dit que je me laisserais pousser la barbe, jusqu'à ma guérison, rappela-t-il en souriant.

Antoine ne s'était pas contenté de soigner son visage : il portait un costume de velours noir fort élégant, une chemise de soie blanche et une cravate.

La chaîne stéréo diffusait un trente-trois tours de Jacques Brel et Patricia entrevit une île du Pacifique. Elle chassa le rêve de ses pensées et huma l'air :

— Vous recevez des amis à dîner ? questionna-t-elle. Je sens des odeurs drôlement appétissantes.

— Peut-être une amie, répondit-il. Si elle accepte...

L'infirmière fit semblant de ne pas comprendre l'allusion et se dirigea vers la chambre. Elle ne voulait pas tomber dans le piège. Il y avait neuf chances sur dix pour que « l'amie en question » fût elle. Il attendait sans doute qu'elle joue le jeu de la coquetterie. Eh bien, il en serait pour ses frais.

Comme d'habitude, elle déposa sa trousse sur la table, l'ouvrit et en sortit une seringue stérile.

Antoine qui, lui, n'avait pas dépassé le seuil de la porte, annonça l'œil mauvais et d'un ton qui n'admettait aucune réplique :

— Inutile de déballer votre matériel. J'en ai ras le bol des piqûres. Je vais on ne peut mieux et ce soir, je n'ai pas envie de me déshabiller devant vous.

Puis, changeant d'attitude, il fit trois pas dans la chambre, tournoya comme un mannequin presque sans boîter et s'arrêta devant Patricia en souriant :

— Ne soyez pas fâchée. Je n'ai vraiment plus besoin d'antibiotiques. J'ai fait toilette pour vous donner un aperçu du « papa » pour Noël que verront vos filles lundi prochain. Vous plaît-il ?

Certes, il lui plaisait. Mais en même temps, il la déroutait. Comment pouvait-on, si vite, passer de la dureté à la douceur, de l'agressivité au charme le plus enveloppant ?

Patricia demeura de marbre et prononça d'une voix neutre :

— Nathalie et Laurence sont des enfants. Je leur apprends qu'il faut être propre, mais je ne les pousse pas à juger les gens sur leur aspect extérieur. C'est pour elles que je vous ai invité, cédant ainsi à un de leurs caprices. Si vous leur déplaisez, ce ne sera pas pour une question de vêtements. Je me demande dans quelle mesure cela ne leur servirait pas de leçon. Et moi, dans l'avenir, j'aurais un bon argument contre leurs idées saugrenues.

Vexé, Antoine se renfrogna.

— Si vous pensez que je peux leur être antipathique, je préfère renoncer à ce déjeuner de Noël. Vous avez encore la journée de demain pour trouver quelqu'un d'autre. En outre, déçues pour déçues, je préfère que vos filles ne le soient pas à cause de moi.

Patricia se mordit les lèvres. Ce matin, à la sortie de l'école, elle avait formellement promis aux petites leur « papa » pour Noël. Se mettre en quête d'un remplaçant au candidat Melville était désormais irréalisable.

L'infirmière hésitait entre l'envie de partir en claquant la porte après une réplique cinglante, et le désir de récupérer Antoine. Mais comment pouvait-elle, sans s'humilier, le faire revenir sur sa décision ?

— Je ne peux présumer de l'opinion de mes filles à votre sujet, répondit-elle d'un ton net. Si vous avez peur de les affronter, vous avez raison de vous récuser. Seulement, vous auriez dû y songer plus tôt, et ne pas vous mettre sur les rangs avec autant de fougue et d'apparente bonne volonté.

Melville prit une expression consternée :

— Si vous m'avez accepté, c'est parce que vous estimiez que je serais capable de remplir ce rôle de « papa » pour Noël. Depuis cinq jours, vous venez ici matin et soir. Nous avons beaucoup parlé. Je vous ai livré le fond de mon cœur. Vous avez accueilli mes confidences avec une grande compréhension. J'ai même cru, peut-être à tort, sentir en vous des élans de tendresse... Puis, soudain, vous me rejetez. Pourquoi ?

Antoine semblait faire amende honorable. Il entrebâillait la porte de la réconciliation. Elle sauta sur la perche qui lui était tendue :

— Ecoutez : je n'ai pas envie de tergiverser. Dites-moi franchement si vous avez l'intention de venir chez moi lundi ou non.

Melville sourit :

— Et vous ? Dites-moi si vous m'avez choisi ou seulement pris comme pis-aller ? Après, je vous répondrai.

Là, Patricia se sentit très embarrassée. Pouvait-elle lui avouer qu'elle l'avait choisi, tout en voulant le considérer comme un pis-aller ? Il fallait encore biaiser :

— C'est vous qui vous êtes proposé, lui fit-elle observer. Si je n'avais pas voulu de votre concours, il m'était facile de dire non.

Antoine se rapprocha d'elle et lui prit le bras :

— Arrêtons ces enfantillages, répondit-il. Si vous m'avez accepté, c'est parce que je vous plais. Et si je vous plais, vous devez penser qu'il en sera de même pour vos filles. Maintenant, venez dans la salle de séjour, une surprise vous y attend.

La discussion avait épuisé l'infirmière et elle se laissa entraîner sans protester.

Jacques Brel chantait : « Ne me quitte pas ». Patricia pensa que Melville était un tantinet rétro dans ses goûts musicaux. Puis elle découvrit un certain nombre de changements qu'elle n'avait pas remarqués en entrant.

Il y avait des fleurs partout. D'énormes bouquets de roses qui avaient dû coûter une fortune.

Sur la table basse étaient disposés des canapés de caviar, de saumon fumé et autres amuse-gueule. Une bouteille de champagne avait été mise à rafraîchir dans un seau en argent et deux verres attendaient d'être remplis. « Bref, une belle mise en scène », songea-t-elle.

— Pour une surprise, c'est une surprise ! reconnut-elle, sans oser demander comment il avait pu se procurer toutes ces fleurs. Après tout, il n'avait qu'à téléphoner pour se faire livrer n'importe quoi.

Antoine lui désigna « son » fauteuil.

— Je voudrais que nous trinquions à l'infirmière qui me quitte après m'avoir si bien soigné.

— L'infirmière est très satisfaite de mettre un terme à ses visites bi-quotidiennes à la Haute-Folie, dit-elle en s'asseyant. D'abord, parce que vous êtes guéri, et ensuite, parce que je commençais à prendre de mauvaises habitudes : tous les soirs un verre de champagne ! Il est heureux que les clients comme vous soient d'une espèce rare.

Melville lui tendit un verre et leva le sien :

— A l'infirmière que je perds et à l'amie qui me reste. Vous n'allez tout de même pas m'abandonner complètement ?

— Mais vous devez retourner à Paris, puis vous embarquer pour votre île lointaine...

— Chut ! coupa-t-il. Restons dans le présent. En ce moment, je n'ai plus du tout envie de partir. J'envisagerais facilement de passer l'hiver ici. Un médecin pourrait-il me prescrire des piqûres quotidiennes, pour me fortifier, par exemple ?

Patricia ne put s'empêcher de rire.

— Cela ne me paraît pas très sérieux.

Ils grignotèrent quelques canapés de caviar et de saumon fumé. Ils échangeaient des propos insignifiants, lorsque retentit la sonnerie du téléphone.

Antoine fronça les sourcils :

— On ne peut jamais être tranquille, grommela-t-il en se levant pour aller répondre.

Il décrocha, tandis que Patricia, dévorée de curiosité, prêtait l'oreille.

Elle en fut pour ses frais. Melville prononça juste quelques monosyllabes ponctuées de grognements et raccrocha. Impossible de savoir si le correspondant était un homme ou une femme...

— Toujours des complications, soupira-t-il en revenant s'asseoir.

— L'amie que vous espériez à dîner se décommande ? questionna-t-elle avec une coquetterie qui ne lui était pas coutumière.

Le champagne lui tournait un peu la tête. Elle avait bu un premier verre trop vite et déjà largement entamé un second. Elle s'en voulut d'avoir stupidement posé cette question.

— Vous savez bien que l'amie ne peut être que vous. J'ai essayé de vous appeler cet après-midi, pour vous inviter. Votre employée m'a répondu que vous étiez en tournée et qu'elle ne comptait pas vous revoir avant vingt heures.

— Vous auriez dû me prévenir ce matin...

— Mais je ne savais pas encore si Alex serait disponible pour venir me chercher avec l'Alfa et m'emmener faire des courses.

Pour se donner le courage de s'en aller, Patricia acheva sa seconde coupe de champagne.

— Mes filles m'attendent, déclara-t-elle l'air décidé. Il faut que je rentre.

La main d'Antoine se posa sur celle de l'infirmière, qui frissonna et se sentit devenir toute molle.

— Ne partez pas, je vous en prie. Je ne vous retiendrai pas tard. J'ai préparé un dîner léger pour fêter avec vous ma guérison. Vos filles ne sont pas seules et elles peuvent se passer de vous, une fois par hasard. Vous êtes déjà sortie le soir, je suppose ?

— Oui. Mais elles ne sont pas prévenues, objecta-t-elle.

— Eh bien, vous n'avez qu'à passer un coup de fil chez vous.

Il se leva en serrant d'une poigne plus ferme la main de la jeune femme. Celle-ci se raidit une fraction de seconde, se leva à son tour et se laissa guider jusqu'au téléphone.

Melville avait gagné. Patricia appela Jeannette, lui dit de ne pas l'attendre pour dîner, souhaita une bonne nuit à chacune des petites et raccrocha.

Elle se retrouva contre la poitrine d'Antoine. Il la serra un instant dans ses bras, effleura sa joue d'un baiser et murmura : « merci », dans le creux de son oreille.

Patricia le repoussa avec une violence mal contenue. Une fois encore, elle se sentait angoissée. Elle avait peur de l'emprise grandissante de cet homme. Il y avait en lui des forces obscures qu'il contenait en sa présence. Son instinct lui disait qu'il ne lui livrait qu'une facette de son personnage. Elle était prête à aimer celui qu'elle connaissait, mais l'autre ? Qui était-il ?

Elle leva les yeux vers lui. Il avait la mâchoire

crispée, le regard brillant, avec cette petite lueur indéfinissable, ironique, presque méchante.

— Vous êtes satisfait ? prononça-t-elle d'une voix un peu rauque. Nous allons dîner ensemble...

Le visage d'Antoine se détendit et devint souriant. Toute trace de dureté s'était envolée d'un seul coup.

— Je suis heureux. C'est le mot qui convient, répondit-il joyeusement.

Il lui prit le coude et la conduisit dans la salle de séjour, où ils burent chacun un autre verre de champagne.

Peu à peu, la jeune femme oublia ses craintes et ses angoisses. Melville faisait de son mieux pour la mettre à l'aise. Il avait beaucoup voyagé et racontait toutes sortes d'anecdotes passionnantes sur les pays et les gens qu'il avait connus. De temps en temps, il se levait pour aller surveiller ses casseroles.

— Quel plat extraordinaire faites-vous donc mijoter ? lui demanda-t-elle.

— Vous allez le savoir bientôt, car il est temps de passer à table. Nous dînons dans la cuisine. Cela ne vous ennuie pas ?

— Au contraire, affirma Patricia. Je trouve que c'est la pièce la plus agréable de votre maison.

En effet, la cuisine, avec ses cuivres, sa grande cheminée, était plus intime et vivante que la salle de séjour.

— Asseyez-vous, dit Antoine en lui désignant une place.

Dans son assiette, Patricia découvrit un paquet-cadeau.

— Qu'est-ce que c'est ? Il ne fallait pas, murmura-t-elle, embarrassée.

— Juste un parfum pour remercier mon infirmière de ses soins.

— Vous êtes gentil, mais c'est trop, protesta-t-elle en regardant pensivement un gros flacon de cristal.

C'était un parfum de grand prix, parmi les plus chers qui puissent exister.

Evidemment, pour un millionnaire comme Melville, la dépense ne représentait pas grand-chose. Cependant, un présent d'un tel prix la gênait et elle le lui dit franchement :

— Ce cadeau n'est pas en rapport avec les soins et les menus services que j'ai pu vous rendre...

— Je suis seul juge en la matière, rétorqua-t-il en posant sur la table un plateau de magnifiques belons. Vous m'avez rendu d'immenses services. En particulier, celui de me redonner le goût de vivre. C'est une fortune que je devrais vous offrir.

— N'exagérons rien. Pour moi, pour les gens qui exercent des métiers médicaux et para-médicaux, rien n'est plus précieux que de voir les malades vaincre la maladie.

Ils achevèrent leurs huîtres et Antoine présenta un homard à l'armoricaine.

— Vous êtes un cuisinier hors pair, constata-t-elle, admirative. Il va falloir que je me distingue, lundi...

— Ne vous inquiétez pas. Et prévoyez dans votre menu un foie gras frais que je vous apporterai. J'ai chargé Alex de me le procurer.

— Vous êtes fou...

— Chut ! coupa-t-il. Quand je vous ai dit que je devrais vous offrir une fortune, je parlais sérieusement. Oui, je voudrais vous combler. Rien n'est trop beau pour vous...

— Vous êtes complètement fou ! répéta-t-elle, un peu inquiète de l'exaltation qu'elle lisait sur le visage d'Antoine.

— Fou ! s'exclama-t-il, l'œil soudain méchant. Qu'est-ce qui vous permet d'affirmer par deux fois une chose pareille ?

Désorientée, elle répondit :

— Vous savez très bien que je ne peux accepter de telles propositions.

Melville reprit son sang-froid. Il eut un sourire désolé, presque enfantin.

— Pourquoi ? Ne pourriez-vous m'aimer seulement un tout petit peu ? Vous êtes seule avec vos filles. Moi, je suis seul et je vous aime à la folie. Oui, je suis fou, mais de vous !

— Enfin, Antoine, soyez raisonnable. Il y a tout juste huit jours, vous avez tenté de vous suicider pour une autre femme.

— Je l'ai complètement oubliée. C'est comme si elle n'avait jamais existé. Votre présence a effacé tout mon passé. Au fond, je ne vis que depuis que je vous connais et j'ai l'impression de vous connaître depuis toujours.

Fugitivement prise par la déformation professionnelle, Patricia pensa qu'en psychanalyse, ce qu'éprouvait Melville s'appelait un transfert positif. Oui, il l'avait mise dans son cœur à la place de cette femme et il l'aimait certainement autant qu'il avait aimé l'autre.

Patricia se taisait, troublée, émue. Depuis Pierre, nul ne lui avait parlé d'amour avec autant d'ardeur. Antoine était beau, intelligent, riche de surcroît. Elle était sensible à son charme et le simple contact de sa main éveillait en elle une sensualité qu'elle croyait endormie à jamais.

Ah ! S'il n'y avait eu ces moments où il plongeait dans d'étranges profondeurs, elle n'aurait pas hésité.

Maintenant, Antoine parlait de l'existence qu'il souhaitait lui offrir. Elle se laissait bercer par des images de bateaux, d'îles merveilleuses, de voyages. Elle n'aurait plus besoin de se lever à l'aube, de voir chaque jour des êtres souffrir et se dégrader, de faire la toilette des morts. Sa vie serait un rêve : « luxe, calme, volupté... »

Tard dans la nuit, quand Patricia quitta la Haute-Folie, elle avait presque dit « oui ».

Du haut du perron, Antoine regarda sa voiture

s'éloigner et rentra dans la maison en murmurant :

— La première manche est gagnée. Mais il y a la seconde. ...Et celle-là ne sera pas si facile.

CHAPITRE VII

— Comme c'est gentil de votre part, Eric, affirma sincèrement Patricia en contemplant le flacon d'eau de toilette que le médecin venait de lui offrir d'un air compassé.

— Et puis, vous mettrez ces deux paquets dans les chaussures de Nathalie et de Laurence, prononça-t-il d'un ton presque solennel.

Et il ajouta, un peu amer :

— Demain, vous êtes occupée et moi, je suis de garde, jusqu'à six heures. Je n'aurais donc pas l'occasion de vous voir pour vous souhaiter un bon Noël.

Patricia s'efforça de sourire. Elle éprouvait une certaine gêne et même quelques remords à l'égard de Fontaine.

Anne avait raison : elle ne faisait rien pour le mettre à l'aise.

Cependant, ce flacon faisait à la jeune femme un immense plaisir. Il représentait beaucoup plus pour la bourse de Fontaine que le parfum de prix, car le jeune médecin ne roulait pas sur l'or.

En effet, contrairement à certains de ses confrères, il prenait largement son temps pour examiner chacun de ses malades. De ce fait, il gagnait bien sa vie, mais ne s'enrichissait pas.

En outre, il avait acheté une maison à ses parents et leur versait une rente. Il entendait ainsi prouver sa reconnaissance à son père et à sa mère, modestes ouvriers qui avaient fait d'énormes sacrifices pour lui permettre de poursuivre ses études.

Patricia savait également qu'Eric s'arrangeait souvent pour, discrètement, venir en aide à des familles de milieux défavorisés. Par exemple, l'été précédent, il avait payé de sa poche trois séjours à la montagne à des enfants pauvres et de santé fragile, séjours qu'il prétendait avoir obtenus gratuitement.

Un cœur d'or, une intelligence subtile mais un caractère impossible. Dommage...

— Les filles sont au cinéma avec Jeannette. Venez dans la cuisine, je vais vous préparer un bon café, proposa Patricia.

— Bonne idée, acquiesça-t-il. Il est à peine trois heures, j'ai un petit moment devant moi. Il ne me reste que peu de malades à visiter mais je ne veux pas rentrer trop tard. Je suis de garde ce soir. Et les nuits de réveillon sont parfois agitées...

— En tout cas, en ce moment, c'est bien calme. A part deux appels, je n'ai pas été dérangée...

Heureusement, parce que j'ai une tournée de soins assez chargée.

— Je sais. Vous remplacez votre collègue et elle, en revanche, travaillera demain à votre place.

— Exact. Ainsi, je serai tranquille avec mes filles.

Tandis que Patricia préparait le café, Eric était assis, très raide, devant la table de la cuisine. Il ne quittait pas la jeune femme des yeux.

— Ce Parisien, chez qui je vous ai envoyée au début de la semaine, va-t-il bien ? demanda-t-il, rompant un silence qui menaçait de s'éterniser.

— Il est tout à fait guéri, répondit-elle sans commentaires.

La jeune femme se tenait sur la défensive. Jamais Fontaine ne posait des questions de ce genre. Quand un cas l'inquiétait, il se dérangeait lui-même et le suivait sans relâche. Mais lorsqu'il s'agissait d'une infection à enrayer, comme celle de Melville, le médecin savait que le traitement prescrit devait faire effet rapidement, sinon le malade le rappelait.

— Je m'en doute, prononça Eric. Comme vous le disiez l'autre jour, cet homme est doué d'une excellente constitution. Le traitement s'achevait hier soir, si je ne me trompe. Il a de la chance, le voilà retapé juste pour Noël. Je suppose qu'en retrouvant sa forme, il a dû perdre ce goût de la solitude qui vous intriguait tant.

— Comment voulez-vous que je le sache ?

riposta Patricia en posant la cafetière sur la table.

— Il a dû vous dire s'il allait réveillonner à Paris, ou s'il invitait des amis à la Haute-Folie, ou encore s'il demeurait en ermite dans son pavillon de chasse ? Voyons, c'est un sujet dont on parle, à la veille des fêtes, surtout à l'infirmière que l'on voit deux fois par jour.

Où voulait donc en venir Eric ? se demandait la jeune femme en servant le café. Anne aurait-elle eu la langue trop longue et raconté à Fontaine qu'elle entretenait avec Melville des relations plus qu'amicales ?

— J'ai cru comprendre qu'il attendait des amis, dit-elle avec un faux détachement.

— Eh bien, tant mieux, prononça Eric d'un ton bonasse.

Ils burent en silence et Fontaine questionna :

— Vous êtes donc très prise, demain ? J'aurais cependant aimé passer cinq minutes en fin d'après-midi pour embrasser Laurence et Nathalie, les voir avec leurs jouets devant l'arbre de Noël. Les enfants sont si heureux ce jour-là !

Patricia prit un air contrarié. Eric était capable de faire irruption avant le départ d'Antoine.

— C'est-à-dire... demain, nous devons sortir. Si vous voulez nous faire une visite, ne venez pas avant six heures et demie, vous risqueriez de trouver porte close.

— Merci pour cette aimable invitation, dit

Fontaine avec une grinçante ironie. Merci également pour votre excellent café.

Il se leva et tendit la main à Patricia :

— Au revoir. Passez un bon Noël avec vos filles. Je vous reproche parfois d'être faible avec elles, mais, au fond, je vous comprends un peu. Si j'étais à votre place, je ne serais sans doute pas plus sévère.

La jeune femme était médusée. Voilà que l'ours s'apprivoisait ! Et par-dessus le marché, il lui pétrissait nerveusement la main et ne semblait pas décidé à la lâcher !

— Au revoir, Eric. Merci pour vos cadeaux...

— Ce n'est pas grand-chose, coupa-t-il en écrasant toujours les doigts de Patricia. J'ai beaucoup plus à vous offrir, à moins qu'il ne soit trop tard ?

— Trop tard ? murmura l'infirmière. Je crains, en effet, que ce ne soit un peu tard. En tout cas, ce n'est pas le moment.

— Excusez-moi, dit-il en abandonnant enfin la main de la jeune femme. Je suis vraiment ridicule.

Il tourna les talons, prit son manteau sur une chaise et quitta la pièce à grandes enjambées.

— Ouf ! soupira Patricia. Heureusement qu'il ne s'est pas décidé plus tôt, j'aurais pu me laisser attendrir. Mais Antoine a tellement plus de charme...

Rêveuse, elle passa dans la salle de séjour et s'absorba dans la décoration de l'arbre de Noël.

VIENS DANS MES REVES

⁂

Le matin de Noël, Nathalie et Laurence ne laissèrent pas à leur mère le temps de flâner au lit. A huit heures et demie, elles firent irruption dans la chambre de Patricia.

Bien qu'elles se fussent couchées plus tard que d'habitude, les petites s'étaient réveillées très tôt. Quand elles allaient à l'école, il n'était pas toujours facile de les faire lever. Mais le 25 décembre était le jour tant attendu où l'on découvrait une foule de cadeaux dans les souliers, déposés la veille, sous le sapin de la grande salle.

Cependant, pour que la fête soit complète, il leur fallait la présence de maman.

Nathalie et Laurence sautèrent sur l'édredon en criant :

« Joyeux Noël » ! Et se mirent à chatouiller Patricia, qui faisait semblant de dormir pour les taquiner.

Après avoir résisté quelques minutes, l'infirmière se leva.

— Et Jeannette ? demanda-t-elle en enfilant sa robe de chambre. Elle doit dormir encore. Il faut l'attendre : ce ne serait pas gentil d'aller voir nos souliers sans elle.

— Elle est en train de préparer le café, répondit Laurence. On l'a réveillée juste avant toi.

— La pauvre ! Vous auriez pu la laisser tranquille. Elle a réveillonné avec ses parents et elle est rentrée très tard. Enfin, allons la chercher...

Quelques instants après, Patricia, suivie de Jeannette et des filles, ouvrit solennellement la porte de la salle de séjour et ce fut l'émerveillement devant l'arbre.

— Nous allons nous asseoir et Nathalie va nous apporter à chacune nos cadeaux, décréta l'infirmière.

Pendant dix minutes, l'aînée des filles, très excitée, courut de l'une à l'autre :

— De maman pour Jeannette... De Nathalie et Laurence pour maman... De Jeannette pour Laurence... De Eric Fontaine pour Nathalie... annonçait-elle au fur et à mesure.

Tout le monde s'exclamait, s'embrassait, c'était la fête !

Après la distribution, il restait quelques cadeaux destinés aux Taverny, à Fontaine et à un nommé Antoine.

— Qui c'est, Antoine ? questionna Nathalie.

— C'est le monsieur que j'ai invité à déjeuner, répondit Patricia.

— Ah ! le « papa » pour Noël... s'exclama Laurence comme si elle avait complètement oublié de quoi il s'agissait.

Après avoir confirmé la venue d'un « papa » pour Noël, l'infirmière s'était refusé de donner à ses filles la moindre explication sur l'invité. Elle n'avait répondu à aucune de leurs questions, craignant surtout qu'elles ne sachent tenir leur langue.

Maintenant, Laurence se vengeait en affichant une indifférence que Patricia se garda bien de relever.

— Allons vite prendre notre petit déjeuner, ordonna-t-elle. Nous avons beaucoup de choses à faire et Jeannette nous quitte à onze heures.

Durant toute la matinée, une grande effervescence régna dans la maison. A mesure que le temps passait, Patricia devenait de plus en plus nerveuse.

Elle avait peur de rater la cuisson de sa dinde, celle de la purée de marrons, celle de la tarte Tatin, peur de ne pas être prête à l'arrivée d'Antoine. Et ce qu'elle craignait le plus encore, c'était l'impression qu'Antoine allait produire sur ses filles.

Dans quelle atmosphère allait se dérouler le repas ? Ah ! si elle avait pu être plus vieille de quelques heures...

Cependant, à midi trente, tout était prêt. Le grand couvert était dressé dans la salle de séjour et la dinde dorait lentement dans le four. Les petites avaient même rangé leur chambre et Patricia s'était mise sur son trente-et-un.

Quelques minutes plus tard, un bref coup de sonnette les fit toutes les trois sursauter. Le cœur de l'infirmière se mit à battre à un rythme accéléré.

— J'y vais ? proposa Nathalie, rouge d'excitation.

Patricia l'arrêta d'un geste :

— Non. Restez ici toutes les deux.

A pas lents, elle se dirigea vers le vestibule. Les petites la suivirent mais ne dépassèrent pas le seuil de la salle de séjour.

D'une main un peu fébrile, Patricia ouvrit la porte.

Antoine, les bras chargés de paquets, s'inclina légèrement en prononçant d'un ton faussement cérémonieux :

— Joyeux Noël, madame Darmont.

— Joyeux Noël, répondit-elle. Entrez donc. C'est curieux, je n'ai pas entendu le moteur de la voiture qui vous a déposé.

— Alex m'a laissé sur la place, je suis venu à pied. J'étais en avance et je voulais faire quelques courses. Maintenant, je n'ai pratiquement plus mal à la cheville et cela me fait du bien de marcher un peu.

Melville pénétra dans la maison et aperçut Nathalie et Laurence qui le regardaient avec un grand intérêt doublé d'une intense curiosité.

— Bon Noël, les filles ! lança-t-il gaiement.

— Bon Noël ! répétèrent deux petites voix pas très assurées.

— Voici pour vous, dit-il en sortant deux paquets d'un grand sac.

Chacune prit son cadeau en prononçant un : « merci, monsieur ! » très poli.

Puis, tandis que les petites découvraient les jeux qu'il leur avait apportés, Antoine se tourna vers Patricia, lui remit le foie gras frais, un magnum de champagne et un très beau bouquet de fleurs.

— Pour la maîtresse de maison...

— Le Père Noël a également déposé sous l'arbre quelque chose pour vous, annonça l'infirmière pendant qu'il s'installait dans la salle de séjour.

La veille, Patricia avait prospecté bon nombre de magasins de Verneuil pour trouver un cadeau à l'intention de Melville. Mais que donner à un garçon dont elle ne connaissait pas bien les goûts et qui possédait une fortune lui permettant de s'offrir toutes les fantaisies ? Elle avait fini par dénicher chez le libraire de la place un beau livre sur les îles du Pacifique, parfaitement illustré de photos en couleurs. Jugeant que ce n'était pas suffisant, elle avait fait l'acquisition du dernier best-seller : les mémoires d'un gangster célèbre.

Pendant que Patricia servait un verre à Antoine, Nathalie s'approcha avec le paquet :

— C'est pour vous, dit-elle seulement.

Melville embrassa l'aînée des filles et appela Laurence qui se tenait, muette, près de l'arbre.

— Viens, que je te fasse la bise à toi aussi.

La petite ne bougea pas, se contentant de secouer négativement la tête.

Patricia s'emporta :

— Qu'est-ce qu'il te prend, Laurence ? C'est pour te faire plaisir que M. Melville vient jouer avec toi au « papa » pour Noël. Tu pourrais être plus aimable.

— Laissez-la, intervint Antoine. Elle est sans aucun doute intimidée, elle ne me connaît pas !

Là-dessus, il défit son paquet et sortit d'abord le livre sur les îles.

— Epatant ! s'exclama-t-il. Vous ne pouviez mieux choisir.

En revanche, la découverte des mémoires du gangster provoqua chez lui une curieuse réaction : il fronça les sourcils, sa mâchoire se crispa et son œil devint mauvais. Cela dura l'espace d'une seconde, puis son expression redevint normale.

— Très intéressant, déclara-t-il. On parle beaucoup de ce malfaiteur. Qu'est-ce qui vous a donné l'idée de m'offrir un livre de ce genre ?

— Vous êtes un homme d'action. Au cours de vos voyages, vous avez connu des tas d'aventures et des gens extraordinaires. J'ai pensé que les mémoires de ce personnage seraient susceptibles de vous distraire.

— Eh bien ! vous êtes tombée juste. Je comprends les types qui vivent en marge de la société et je leur ressemble un peu...

Il s'arrêta, rêveur. Patricia éprouvait encore une fois ce malaise qui lui venait quand Antoine plongeait dans les obscures profondeurs de son âme.

Pour se donner une contenance, elle s'absenta sous prétexte de surveiller la cuisson de la dinde. Nathalie la rejoignit dans la cuisine :

— Je peux t'aider, maman ?

— Non. Retourne tenir compagnie à M. Melville. A propos, Laurence a-t-elle fini de bouder ? Pourquoi fait-elle la tête ?

— Elle trouve que le monsieur, c'est pas un vrai « papa » pour Noël.

— Eh bien, elle s'en contentera, explosa Patricia. D'abord, dis-moi ce qui ne lui plaît pas. Il est pourtant sympathique, non ?

— Oui. Mais c'est pas ce qu'elle voulait... Moi non plus. Enfin, puisque tu l'as choisi...

Patricia soupira. Quelle idiote elle avait été de céder aux caprices de Laurence !

⁂

Pendant le déjeuner, l'atmosphère se détendit. Melville parut apprivoiser les filles qui ne tardèrent pas à le tutoyer et à l'appeler par son prénom.

Comme Patricia l'avait espéré, il ne fut plus question d'un « papa » pour Noël, mais d'Antoine tout court. Curieusement même, ni Nathalie ni Laurence ne firent la moindre allusion au fait que Melville était ce « papa » et n'en soufflèrent mot devant lui.

Après le repas, les filles eurent la permission

d'aller regarder « L'Auberge de l'ange gardien » à la télévision, dans le petit bureau attenant à la salle de séjour.

Demeurés seuls, Patricia et Antoine s'installèrent sur le sofa.

— Alors, je plais à vos filles ? questionna Melville, comme si le contraire eût été impensable.

— Certainement, répondit-elle, évasive.

Au fond, elle n'en savait trop rien et cela l'inquiétait. Si, un jour, Antoine devenait un vrai papa pour elles, quelle serait leur réaction ?

— Ne vous tracassez pas, Nathalie et Laurence finiront par s'attacher à moi. Je ne négligerai rien pour cela, prononça-t-il en passant son bras autour des épaules de la jeune femme. Je les gâterai. Je ferai tout pour qu'elles aient une existence insouciante...

En son for intérieur, Patricia pensa que ses filles avaient surtout besoin d'une autorité paternelle. D'instinct, elles obéissaient à Eric Fontaine, par exemple. Il est vrai qu'avec les enfants, le médecin était formidable. Il savait leur parler avec douceur et fermeté. Aucun, même parmi les plus malades, n'avait jamais eu peur de sa présence ni manqué de confiance en lui.

Apparemment, Nathalie et Laurence n'éprouvaient pas une affection spontanée pour Antoine.

Avec un serrement de cœur, la jeune femme songea qu'il lui serait impossible de refaire sa vie avec un homme que les petites n'aimeraient pas réellement.

Comme elle se taisait, Melville l'attira contre lui :

— Voyons, chérie, pourquoi es-tu tracassée ? Tes filles ont été charmantes avec moi. Laurence s'est d'abord montrée un peu renfermée, mais elle s'est vite détendue. Tu verras, quand elles me connaîtront davantage, je serai leur idole.

Elle se dégagea, fuyant les lèvres d'Antoine qui cherchait les siennes.

— Ne me tutoyez pas ici et gardons nos distances. Les enfants pourraient nous surprendre.

— Et alors ? Il faudra bien qu'elles soient au courant un jour ou l'autre. Le plus tôt sera le mieux.

Patricia se leva pour aller chercher une cigarette.

— Comprenez-moi, Antoine. Nathalie et Laurence sont des petites filles extrêmement sensibles. Je ne peux les mettre devant un fait accompli, sans aucune explication. Je dois les amener tout doucement à l'idée de partager leur existence quotidienne avec un homme dont elles ne savent rien.

— C'est très facile. Aujourd'hui, vous pouvez sauter sur l'occasion : le papa qu'elles désiraient tant pour Noël et qu'elles ont eu, vous leur expliquez qu'il pourrait devenir un papa pour toujours.

— Peut-être, murmura Patricia. J'essaierai ce soir en les couchant. Quand elles se mettent au lit, nous bavardons ensemble, puis, je leur lis une histoire...

La jeune femme était toujours au milieu de la pièce. Un grand désarroi, qu'elle ne pouvait confier à Melville, lui torturait le cœur. Visiblement, celui-ci estimait que les enfants se traitent comme de petits animaux.

— Tout de même, ajouta-t-elle, j'aimerais que vous fassiez plus ample connaissance avec les filles. Et puis, entre nous, rien n'est encore tout à fait décidé.

— Comment ! explosa Antoine. Samedi soir, quand nous avons dîné ensemble, vous m'avez bien laissé entendre que vous étiez prête à me suivre ! Votre attitude, cette nuit-là, m'a donné tous les espoirs. Souvenez-vous : vous aviez promis de m'aimer.

Patricia se mordit les lèvres. C'était la vérité. Comme elle avait été imprudente ! Elle s'était laissé griser de champagne, de rêves, de mots d'amour...

— Je sais, Antoine, reconnut-elle. Mais je vous en prie, ne soyez pas tellement pressé.

— Je suis pressé. Pressé de vous avoir à moi, pressé de partir avec vous. Pourquoi attendre ?

Melville s'approcha de la jeune femme et prit son visage entre ses mains.

— Chérie, regarde moi, murmura-t-il tout bas. Promets-moi de m'aimer.

— Oui, bien sûr, répondit-elle en se dégageant.

— Alors, prouve-le-moi.

— Comment cela ? demanda-t-elle, non sans inquiétude.

— En commençant à préparer notre départ le plus rapidement possible...

Un coup de sonnette interrompit Antoine. Il fronça les sourcils :

— Vous attendez quelqu'un ? Vous m'aviez cependant affirmé que nous serions seuls.

— Je n'attends personne. C'est peut-être un malade, je vais voir.

Elle consulta sa montre. Il était juste trois heures et demie. Ce ne pouvait être Eric Fontaine, à qui elle avait recommandé de ne pas passer avant six heures et demie.

Patricia ouvrit la porte et se trouva nez à nez avec Anne et Jacques Taverny.

— Bon Noël ! entonnèrent-ils en chœur.

— C'est vous ! Je vous croyais en famille, à Paris, prononça l'infirmière en esquissant un sourire forcé.

— Quel accueil ! lança ironiquement Anne en pénétrant d'autorité dans la maison. On te dérange ?

— N... on. Je suis étonnée, c'est tout.

— Les parents étaient fatigués à la suite du réveillon d'hier soir et Anne a voulu partir de bonne heure pour les laisser se reposer, expliqua Jacques Taverny.

— Et, en arrivant à Verneuil, nous avons pensé que nous pourrions te faire une petite visite pour t'apporter nos cadeaux ainsi qu'aux filles, enchaîna Anne.

Sachant fort bien que son amie venait essentiellement pour connaître et observer Antoine Melville, Patricia lui lança un regard mauvais. « Tu me le paieras, ma vieille » se promit-elle intérieurement, tandis qu'elle prenait son ton le plus suave pour affirmer :

— Comme c'est gentil de votre part !

— Tu es seule avec les petites ? demanda Anne avec une innocence parfaitement jouée.

— Non. Tu sais très bien que j'ai un invité.

— C'est vrai, j'avais oublié, mentit la jeune femme.

L'aplomb de son amie médusa Patricia.

— Là, tu exagères ! protesta-t-elle.

Anne pouffa. Elle était ravie de sa petite comédie.

— Viens, Jacques, allons offrir nos cadeaux à Nathalie et à Laurence, décida-t-elle en se dirigeant vers la salle de séjour.

— Oui, ma chérie, acquiesça docilement Taverny en lui emboîtant le pas.

Résignée, Patricia les suivit dans le living où, l'air mi-figue mi-raisin, Antoine attendait, les bras croisés.

Anne s'arrêta devant Melville et lui sourit :

— Bonjour et joyeux Noël ! Je suis Anne Taverny, la meilleure amie de Patricia et voici mon mari, Jacques.

Melville se présenta à son tour et Patricia appela les petites.

Il y eut échange de cadeaux, remerciements, embrassades, et les filles retournèrent à leur film, dans le bureau.

— Que diriez-vous d'un délicieux gâteau confectionné par mes soins et d'un verre de champagne ? proposa l'infirmière.

Tout le monde accepta et Patricia abandonna ses hôtes pour aller préparer son plateau de verres et d'assiettes.

— Vous habitez la région ? demanda Taverny à Antoine, afin de meubler la conversation.

— Momentanément. Et vous deux ? Vous êtes de Verneuil ?

— Oui. Moi, je suis institutrice à l'école des filles et mon mari est directeur du Crédit Lyonnais, répondit Anne.

Le visage de Melville qui, jusque là, était resté fermé, devint tout à coup souriant et détendu.

— Institutrice et directeur de banque dans une charmante petite ville comme celle-ci, ce n'est pas mal comme situation ! Vous devez avoir une vie plutôt agréable.

— Vous avez raison, reconnut Jacques. Nous ne nous plaignons pas. Et vous ? Dans quelle branche travaillez-vous ?

— Dans l'import-export, jusqu'à présent du moins. J'ai l'intention de quitter la France prochainement. J'aimerais m'installer dans les îles du Pacifique et investir des capitaux en Amérique du Sud. Mais ce n'est pas facile de sortir de l'argent d'ici, vous le savez mieux que moi.

Taverny eut un petit rire :

— C'est aussi moins difficile qu'on ne l'imagine...

Le retour de Patricia interrompit la conversation des deux hommes.

— Vous allez goûtez ma tarte Tatin avec un peu de crème dessus...

Anne se précipita pour aider son amie à servir.

— Monsieur Melville était en train de nous confier qu'il voulait quitter la France pour aller habiter dans une île du Pacifique. N'est-ce pas merveilleux ? Comme j'aimerais vivre là-bas. Pas toi ?

— Pour l'instant, je me contente de Verneuil où j'ai la meilleure des amies, toi, ma chérie, rétorqua Patricia avec un sourire lourd de menaces...

En même temps, elle avait lancé un rapide coup d'œil en direction d'Antoine. Mais celui-ci parlait transactions, or et devises avec Jacques Taverny sans qu'il eût, semblait-il, prêté attention aux propos que les jeunes femmes venaient d'échanger.

Quand les adultes furent servis, l'infirmière porta deux parts de tarte aux filles et revint dans la salle en annonçant :

— Je vais chercher du jus de fruit pour les petites...

Anne la suivit dans la cuisine.

— Il n'est pas mal, ton Antoine. Je comprends qu'on puisse avoir un faible pour lui. Mais je lui trouve, par moments, un regard bizarre.

Comme Patricia ne répondait pas, Anne poursuivit :

— Le déjeuner s'est-il déroulé selon tes espoirs ? Nathalie et Laurence ont-elles adopté ce « papa » pour Noël ? Si Melville leur était antipathique, ce serait vraiment embêtant pour toi... surtout si, entre vous deux, les choses ont continué d'évoluer sur le chemin, disons, de l'amour !

L'infirmière soupira. Elle n'était plus du tout fâchée par l'intrusion des Taverny. En définitive, elle en était même assez satisfaite. Ils avaient fait irruption à un moment difficile, quand Antoine manifestait des exigences auxquelles elle n'avait pas envie de répondre, tout du moins dans l'immédiat.

En outre, malgré son insatiable curiosité, Anne demeurait son amie dans le sens le plus profond du terme.

— Pour t'avouer la vérité, je ne sais pas si Antoine plaît vraiment aux enfants, confessa-t-elle. Lui, il prétend que ça marchera on ne peut mieux avec elles. C'est possible, après tout. Mais autre chose m'ennuie : il voudrait que je liquide tout ici, afin de partir avec lui dans les délais les plus brefs... au plus tard fin janvier.

— C'est un peu court, admit Anne. Vous ne vous connaissez que depuis une semaine. Evidemment, vous vous êtes vus deux fois par jour. J'imagine que vous avez beaucoup parlé, échangé des idées, des confidences. Cela suffit pour transformer une attirance en amour. Toutefois, à mon avis, il y a un hic : chacun cherchant à plaire à l'autre, vous n'avez pu vous donner que le meilleur. Mais le reste ? Les petits et grands défauts qui se manifestent dans la vie quotidienne, ils existent ! Tu ignores ceux de Melville comme il ignore les tiens. Vraiment, tu ne le connais pas suffisamment pour t'embarquer avec lui à l'autre bout du monde. Avant, vous devriez faire ensemble un petit voyage...

— Tu as raison. Mais comment le lui faire admettre ?

Anne se rappelait ce que lui avait dit Capel. Sans trop savoir pourquoi, elle craignait qu'il n'arrivât à Patricia ce « quelque chose de fâcheux » que semblait redouter son cousin.

— Enfin, tu es une femme libre ! Tu as ton mot à dire dans cette histoire. Et n'oublie pas tes filles. Elles n'ont pas encore admis, ni même soupçonné le rôle que cet homme est susceptible de jouer, non seulement dans ta vie mais aussi dans la leur.

En évoquant les filles, Anne avait fait mouche.

— Je vais parler à Antoine, décida Patricia. Je dois le raccompagner tout à l'heure à la Haute-Folie. J'avais pensé emmener les petites. Si tu pouvais les garder ici jusqu'à mon retour, cela m'arrangerait. En outre, Eric doit passer vers six heures et demie. Si je ne suis pas rentrée, tu lui tiendras compagnie.

— Oui. A condition que tu me jures d'être ferme avec Melville. Seulement pour gagner du temps. C'est dans votre intérêt à tous.

— Je te le jure ! déclara l'infirmière avec fermeté. Je suis décidée à mettre les choses au point. Je commence à me demander si je n'ai pas fait fausse route. Heureusement que tu es là. Tu me remets les pieds sur terre, même si parfois cela me rend furieuse.

Dans un élan de tendresse, les deux femmes s'embrassèrent et, bras-dessus bras-dessous, retournèrent dans la salle où Taverny et Melville discutaient toujours d'affaires bancaires.

CHAPITRE VIII

Antoine était d'excellente humeur en montant dans la voiture de Patricia.

— Ils sont vraiment sympathiques, vos amis, assura-t-il. Jacques est un type très calé en finances. Comment se fait-il qu'il reste directeur dans une si petite ville ? Il pourrait obtenir un poste plus important...

— Il n'est pas tellement ambitieux. Il se trouve bien à Verneuil, où Anne a une classe qui lui plaît. Tous deux sont d'accord pour rester ici jusqu'à leur retraite.

— Après tout, cela les regarde. Dommage pour Taverny. Il en gagnerait, de l'argent, s'il le voulait !

— Eh bien, il ne veut pas et je lui donne raison, rétorqua sèchement Patricia.

Melville ne répondit pas et ils restèrent silencieux jusqu'à la sortie de Verneuil.

Après avoir franchi la déviation et pris la route de la Ferté, Antoine se décida à rompre ce silence qui devenait pesant :

— Je suis heureux. Vous m'avez fait passer une merveilleuse journée, dit-il en posant sa main sur le genou de la jeune femme. Et vous ? Etes-vous heureuse ?

— J'ai passé une bonne journée, dont je suis effectivement très heureuse...

La pression de la main d'Antoine s'accentua sur le genou de Patricia.

— Tu verras, poursuivit-il en se remettant à la tutoyer. Nous vivrons des centaines de journées encore plus merveilleuses que celle-ci.

— Retirez votre main, elle me gêne pour conduire, ordonna-t-elle d'une voix ferme.

Il obéit et elle poussa un soupir de soulagement. Dès que Melville la touchait, elle perdait une partie de ses moyens. Il exerçait sur elle une emprise qu'elle ne pouvait définir.

Pierre, lui aussi, avait eu une terrible emprise sur elle. Cependant, quand son mari la prenait dans ses bras, au lieu de se sentir diminuée ou mal à l'aise, comme c'était le cas avec Antoine, elle avait l'impression que toutes ses forces étaient décuplées.

— Jacques vous plaît ? Tant mieux. L'arrivée des Taverny n'était pas prévue au programme. Je vous avais promis que nous serions seuls. J'ai eu peur que vous ne soyez fâché.

— Au contraire, je suis ravi d'avoir fait leur connaissance. Jacques nous sera très utile.

Patricia fronça les sourcils.

— Utile ? En quoi pourrait-il nous être utile ?

— Eh bien, à sortir des capitaux de France. Le fisc a l'œil sur moi et parmi les affaires que j'ai réalisées, il y en a certaines, et non des moindres, que je n'ai pas déclarées. Je me trouve donc à la tête d'une somme très importante, une centaine de millions d'A. F. que je ne peux officiellement déposer en banque, sans attirer l'attention de mon inspecteur des impôts. J'ai converti cet argent en or. Cet or, je vais vous le donner. Vous le remettrez à Taverny qui se chargera de le vendre, puis de vous virer le montant de cette vente à Papeete, où vous vous ferez ouvrir un compte, dès votre arrivée.

La voiture fit une embardée. Patricia n'appréciait pas. Il y a cadeau et cadeau. Certains sont empoisonnés et celui-ci avait une odeur malsaine.

— Parlons franchement, Antoine. Il n'y a aucune raison pour que vous m'offriez une véritable fortune. Avouez plutôt que vous avez besoin de moi comme prête-nom, pour mettre cet argent à l'abri du fisc.

— Je ne vous offre rien : ce qui est à moi est à vous, rétorqua Melville. Nous avons formé le projet de vivre ensemble, cela veut dire que nous devons tout partager. Je vous propose une existence de rêve, à laquelle vous avez rêvé avec moi. Pour cela il nous faut cette fortune qui nous mettra pour toujours à l'abri de la médiocrité. Nous en aurons besoin là-bas, pour faire des investissements. Il y a un argent fou à gagner dans le Pacifique et en Amérique du Sud.

— Mais Jacques Taverny sait que je ne suis pas riche. Il va me demander comment je me trouve brusquement en possession de tant d'or !

— Eh bien, vous n'aurez qu'à lui dire la vérité : qu'il s'agit d'un cadeau de mariage par anticipation. Evidemment, là-bas, je vous en reprendrai une bonne partie pour mes affaires. Vous verrez, nous serons follement riches. Vous aurez des bijoux, une grande maison et une foule de serviteurs... Moi, je serai puissant. L'argent, il n'y a que cela qui compte dans la vie !

La voiture roulait maintenant dans la forêt de la Ferté. A la lumière des phares, les grands arbres agités par le vent paraissaient menaçants à Patricia. Au milieu de quelle jungle voulait donc l'entraîner Antoine ? Les affaires, les « combines » lui étaient totalement étrangères et elle ne voulait pas y être mêlée, même de loin.

Elle songea à Pierre, son mari. Pas une seconde, il n'avait envisagé de spéculer, de thésauriser ni même essayé de tricher avec le fisc. Il gagnait de l'argent avec ses mains de chirurgien et cet argent lui filait aussitôt entre les doigts.

Eric Fontaine était, lui aussi, le contraire d'un homme intéressé. Patricia en avait eu souvent la preuve à l'insu du médecin.

Le cœur de la jeune femme se serra. Comme Eric était limpide ! Tout en lui respirait la droiture et quelle générosité se cachait sous ses dehors compassés ou bourrus. Quel amour pour elle aussi ! Un amour véritable, sans zones d'ombre.

Tout à l'heure, Fontaine allait venir chez elle... Brusquement, à cette idée, Patricia ressentit une joie intense. Les îles ne lui paraissaient plus aussi enchanteresses. Verneuil, où elle avait fait son nid avec les petites, avait bien du charme. Elle y connaissait tout le monde, elle y était entourée de chaleur et cet ours d'Eric tenait dans sa vie une place qu'elle découvrait soudain...

— A quoi pensez-vous ? interrogea Melville avec une nuance d'agacement dans la voix. Vous avez envie d'être heureuse, oui ou non ?

— Oui. Mais pas avec vous, s'entendit-elle répondre.

Le refus était parti du plus profond d'elle-même. Une foule de sentiments se bousculaient dans son cœur.

La voiture cahotait sur le chemin de la Haute-Folie. Cramponnée à son volant, la jeune femme poursuivit :

— Vous m'avez fait rêver, Antoine. Par moments, je suis entrée dans votre jeu et j'ai marché à fond. Mais les îles sont trop loin pour moi et je ne suis pas la femme qu'il vous faut. Je ne suis qu'une petite provinciale nullement douée pour l'aventure avec un grand A. Très vite, vous vous lasseriez de moi et aussi de mes filles, qui seraient un boulet dans votre existence. J'ai cru que j'allais vous aimer car vous aviez jeté un grand trouble en moi. Mais il faut le reconnaître, ce n'est pas seulement avec des rêves et des tentations que l'on forme un couple.

Le visage dur, Melville écoutait Patricia sans chercher à l'interrompre.

— Comprenez-moi, continua-t-elle après une courte pause. Je ne puis tout quitter en moins d'un mois comme vous me le demandez. Je vous le répète : je n'ai eu qu'un penchant pour vous.

Et elle ajouta plus bas :

— Malheureusement, aujourd'hui, je m'aperçois que ce penchant s'estompe et je sens qu'il ne se transformera jamais en amour.

Ils arrivaient devant le pavillon de chasse. Tous les volets étaient fermés. Mais une lumière passait à travers les cœurs dont étaient percés ceux de la salle de séjour.

Patricia arrêta la R-16 devant le perron, mais laissa le moteur tourner. Elle avait hâte de rentrer chez elle, de retrouver ses filles et d'attendre la visite d'Eric.

Elle se tourna vers Antoine qui n'avait toujours pas prononcé un mot :

— Je crois qu'il est préférable de ne plus nous revoir. Serrons-nous la main et quittons-nous bons amis.

— Pas si vite, dit-il en retirant d'un geste sec la clé de contact qu'il mit dans sa poche. Vous allez descendre quelques instants. Vous ne pouvez pas me refuser le dernier verre de l'amitié.

Qu'espérait-il ? La faire revenir sur sa décision, en recommençant le grand jeu du champagne, de la musique ?

— Rendez-moi ma clé, ordonna-t-elle, furieuse.

— Venez la chercher ! lança-t-il en descendant de voiture.

Nullement décidée à se laisser attendrir, elle dut cependant se résigner à rejoindre Antoine.

Mais pas question de Dom Perignon devant le feu de la cheminée. Il allait lui rendre sa clé, et tout de suite !

La colère lui donnant des ailes, elle bondit jusque dans le vestibule où elle pénétra en même temps que Melville.

Elle s'immobilisa, médusée, tandis qu'Antoine demandait d'un ton sec, à un couple qui se tenait dans la salle de séjour :

— Qu'est-ce que vous faites ici, tous les deux ? Où est Paulo ? Il n'est pas venu vous chercher ?

Ce couple ! Patricia l'avait immédiatement reconnu : c'était la rousse et le jeune voyou qui, l'autre jour, faisaient une partie de « 421 » au Perroquet. Melville avait de bien curieuses relations !

La rousse désigna l'infirmière du menton :

— Faudrait éloigner cette souris. Ce que j'ai à te dire est confidentiel.

Patricia sauta sur l'occasion et se tourna vers Antoine :

— Je ne demande qu'à partir, dit-elle vivement. Donnez-moi ma clé. Je vous laisse volontiers avec vos amis.

— Vous partirez quand j'en aurai envie, rétorqua Melville, l'œil mauvais.

Et, s'adressant au petit voyou, il ordonna :

— Alex, emmène-la au premier, le temps que Gaby me déballe sa petite histoire.

— Je refuse. Je veux rentrer chez moi, protesta Patricia, folle de rage.

Melville fit un signe au dénommé Alex qui sortit un revolver de sa poche en prononçant d'un ton gouailleur :

— Faut pas refuser, ma p'tite dame. Quand Toni donne des ordres, on a intérêt à obéir.

Patricia le foudroya du regard et se dirigea vers l'escalier.

— Le chat est-il revenu ? demanda-t-elle en passant devant Antoine. Celui qui fait du bruit, là-haut...

Melville ne daigna pas répondre.

Suivie d'Alex, Patricia pénétra dans une chambre où régnait un grand désordre. Il y avait là deux lits défaits aux draps très sales. Des vêtements, des chaussures traînaient un peu partout, ainsi que des bouteilles vides.

Après avoir jeté par terre le pull, le soutien-gorge et les autres dessous crasseux qui l'encombraient, l'infirmière s'assit dans l'unique fauteuil de la pièce.

— C'est vous qui étiez au Perroquet, mercredi dernier ?

Tout en mâchonnant son chewing-gum, Alex fit un signe de tête affirmatif.

— Cette Gaby et vous, vous habitez ici ? Vous vous cachiez ou bien vous partiez quand je venais soigner Melville. Pourquoi ?

Elle n'avait pas rêvé en devinant des présences dans la maison. Elle avait aussi l'explication des trois couverts aperçus dans la cuisine.

Alex ne répondit pas à sa question. Les mains dans les poches, il la regardait d'un air goguenard.

Quels étaient les liens qui unissaient Melville à ce couple louche ? se demandait Patricia. Elle soupira. Comme elle avait eu raison de rompre avant de s'engager davantage !

Il y avait un Antoine qu'elle connaissait sous un certain angle : charmeur, tendre parfois, et souvent mélancolique. Puis il y avait cet autre personnage que le couple appelait Toni. Celui des zones d'ombre qui avaient toujours intrigué et même effrayé la jeune femme.

Devant Gaby et Alex, Melville s'était montré sous un jour qu'elle n'aurait jamais soupçonné, tant l'expression de son regard s'était faite cruelle et dure. Un vrai fauve aux aguets...

Elle frissonna. Combien de temps allait-on la garder dans cette pièce ? Maintenant, elle commençait à paniquer. Qu'allait exiger Antoine, ou plutôt Toni, avant de lui rendre ses clés de voiture ?

Patricia consulta sa montre. Bientôt six heures ! Et Fontaine qui devait passer chez elle dans un peu plus de trente minutes ! Pourvu que cette bavarde d'Anne ne lui raconte rien sur ses relations avec Melville !

Eric ! Comme elle avait hâte de le retrouver et de lui dire les mots qu'il fallait pour le mettre en confiance.

L'impatience, l'angoisse serraient de plus en plus le cœur de la jeune femme, quand la porte s'ouvrit sous la poussée de Melville.

— Descendez, ordonna-t-il.

L'infirmière sentit l'espoir renaître en elle. Si elle pouvait dès à présent regagner Verneuil, elle ne serait pas en retard pour la visite de Fontaine.

— Vous allez me laisser partir ? demanda-t-elle.

Antoine, qui la précédait dans l'escalier, ne daigna pas répondre.

Dans le vestibule, Melville sortit les clés de sa poche. Avec un soupir de soulagement, Patricia tendit la main pour les prendre.

Mais Antoine les remit à Alex :

— Va avec Gaby chercher Paulo. Encore heureux que nous ayons cette R-16 à notre disposition.

Puis, s'adressant à Patricia :

— Vous récupérerez votre voiture dans deux petites heures environ. En attendant, nous allons boire ce fameux verre de l'amitié.

— Je ne peux pas. Mes enfants m'attendent en compagnie d'Anne. Elles vont s'inquiéter si elles ne me voient pas revenir. Vos amis pourraient me déposer à Verneuil en passant et garder la R-16...

Mais Antoine l'entraînait d'une main de fer vers la salle de séjour, tandis que Gaby et Alex enfilaient leurs manteaux.

— Ne vous en faites pas ! lui lança la rousse avant de quitter la maison. On vous la rendra, votre tire !

— Vous n'avez pas le droit !... cria Patricia en se débattant.

— J'ai les droits que je prends, rétorqua Melville en exhibant dans sa main libre un revolver de gros calibre.

L'infirmière n'avait plus qu'à se taire. Elle se laissa jeter dans un fauteuil.

Eperdue, elle entendit la R-16 démarrer et refoula un sanglot de rage contenue, doublée d'une sourde peur.

— Vous êtes un ignoble individu, prononça-t-elle d'une voix étranglée.

— Mais oui, ma mignonne, approuva-t-il avec un sourire méchant. Retirez donc votre manteau.

Il fait chaud ici et vous n'en aurez pas besoin avant un bon moment.

Il alluma une cigarette et s'approcha de la jeune femme :

— Maintenant, vous allez téléphoner chez vous. Effectivement, il ne faut pas que vos filles et vos amis s'inquiètent de votre sort.

— Enfin un bon mouvement ! lança-t-elle en se levant pour se diriger vers l'appareil.

Antoine lui barra le chemin :

— Attention : vous n'allez pas raconter n'importe quoi à votre amie Anne. Vous lui direz simplement qu'elle s'occupe de vos filles, parce que vous ne savez pas à quelle heure vous rentrerez. Le mieux serait qu'elle les emmène chez elle...

— Elle va me demander pourquoi.

— Votre amie est certainement au courant du penchant que vous aviez pour moi. Je l'ai vu à la manière dont elle m'observait. Expliquez-lui que nous avons des choses à mettre au point. Que nous avons en ce moment une conversation très sérieuse touchant notre avenir et que nous dînerons ensemble.

Patricia pinça les lèvres. Le cynisme de cet homme était monstrueux.

— Et si je refusais de me livrer à cette comédie ? Si je lui disais la vérité ?

— Je ne vous en laisserais pas le temps. Je couperais la communication. Mais ensuite, je vous promets que je vous ferais passer un mauvais quart d'heure. Ce serait bête de vous faire abîmer le portrait pour si peu.

L'infirmière voyait bien qu'Antoine ne plaisantait pas et qu'il était capable de tout. Elle n'avait aucune envie de se « faire abîmer le portrait », elle en avait même une peur affreuse.

— Je pourrais simplement dire à Anne que j'ai prêté ma voiture à vos amis et lui demander que son mari vienne me chercher, hasarda-t-elle.

— Non. J'aurai besoin de vous au retour de mes copains pour nous emmener, tous les quatre, jusqu'à Paris, d'où vous serez ensuite libre de rentrer dans votre cher Verneuil. En somme, vous regagnerez votre domicile vers minuit. Il est donc préférable que Mme Taverny se charge de vos filles jusqu'à demain matin.

— Vous conduire à Paris, par-dessus le marché ! s'exclama-t-elle, indignée.

— Eh oui ! Mon Alfa est immobilisée et il est urgent que je regagne la capitale. Vous serez un charmant chauffeur. Vous pouvez me faire ce plaisir, vous qui aviez promis de m'aimer.

Sa main se tendit vers la joue de Patricia. La jeune femme fit un pas en arrière.

— Avec tout votre argent, vous pourriez vous offrir un taxi.

— C'est « vous », qui me conduirez, dit-il sèchement. Maintenant, appelez votre domicile et ne cherchez pas à communiquer à Mme Taverny autre chose que mes consignes.

Tendue, un peu tremblante, Patricia décrocha le combiné et composa son numéro.

Antoine prit l'écouteur d'une main et tint l'autre au-dessus de l'appareil, montrant ainsi qu'il n'avait qu'un geste à faire pour couper la conversation.

— Allô ! j'écoute ! répondit bientôt la voix claire d'Anne à l'autre bout du fil.

— C'est Patricia. Je te téléphone pour te demander un service.

— Que se passe-t-il ? Tu es en panne ? Tu as eu un accident ? s'inquiéta la jeune femme.

— Non. Je ne suis pas en panne et je n'ai pas eu d'accident. Seulement, je suis retenue. Enfin, c'est-à-dire que j'ai à parler sérieusement avec Antoine. Je vais donc dîner ici et rentrer tard. Pourrais-tu prendre les filles chez toi, jusqu'à demain matin ? Jeannette est en congé pour trois jours et je ne peux pas laisser les petites seules à la maison.

— Ah ! Tu restes avec Antoine !... cela devient donc sérieux ?

Patricia rencontra le regard métallique de Melville. Il ne s'agissait pas de s'égarer. Elle frémit et répondit :

— Je t'expliquerai. C'est très compliqué, mais tout va bien.

— Bon. Mais Eric Fontaine va venir dans un quart d'heure. Que dois-je lui dire ?

— Invente n'importe quoi. Dis-lui surtout que je l'attends sans faute à déjeuner demain et que j'ai des tas de choses à lui confier.

— Tiens ! Mais qu'est-ce qu'il te prend ? Ce soir, Melville, demain, Fontaine. Tu as bu ou quoi ?

— Ne me pose pas de questions. Tu emmènes les filles ?

— Je les emmènerai quand Eric sera passé. Je te souhaite une bonne soirée. Mais prends garde : Eric est mieux qu'Antoine. Réfléchis bien avant de choisir.

— Merci. Bonsoir, à demain.

Epuisée, Patricia raccrocha en demandant à Melville :

— Vous êtes content ?

— Vous vous en êtes pas mal tirée. Venez vous asseoir, nous allons bavarder un peu.

— Je veux bien m'asseoir, mais je n'ai rien à vous dire. Sauf sous la menace de votre revolver.

Melville éclata de rire en s'installant en face de la jeune femme.

— Vous me plaisez toujours beaucoup, dit-il en se penchant légèrement vers elle. Dommage que vous soyez si sotte. Physiquement, vous avez de la classe et de l'allure. Mais dans la tête : rien. Si vous n'aviez pas été une petite bourgeoise, on aurait pu faire de grandes choses ensemble.

— C'est-à-dire ?

Antoine se redressa.

— Vous voyez bien que je suis un truand, et pas de la petite espèce, comme Alex et Paulo. Ceux-là, je m'en sers et encore, pas pour longtemps. Moi, je suis un loup solitaire. Avec la fortune que j'ai, il me faudrait une femme : une louve.

Il demeura un instant silencieux, puis retrouva cette expression douce et mélancolique qui avait si souvent ému Patricia.

— Vous, vous n'êtes pas une louve. Vous êtes un petit oiseau, le contraire de celle que je cherche. Pourtant, je vous désire et vous occupez mes pensées. Dans votre langage, cela s'appelle l'amour. Oui, si je pouvais t'enlever, je n'hésiterais pas.

Sidérée, Patricia écoutait le truand lui tenir les propos d'un gamin de quatorze ans.

Il paraissait sincère. Certes, mais quand Antoine devenait Toni, la cruauté remplaçait le romantisme.

— Vous ne travaillez donc pas dans l'import-export ? trouva-t-elle à dire pour détourner la conversation.

De nouveau, Melville éclata de rire.

— Moi, travailler, même dans l'import-export ! Tu déraillles, fillette. Je peux bien de le dire, car dans quelques heures je serai loin d'ici, je suis un des grands du hold-up !

Avec une incommensurable vanité, il se mit à

énumérer une respectable quantité de vols à main armée :

— La banque Dupont, à Asnières, c'est moi. Le Crédit Agricole de Saint-Sauveur, c'est moi. Et le plus beau, l'enlèvement de l'industriel Salbert, c'est moi. C'est dans ce coup que j'ai été blessé. Je ne me serais jamais suicidé pour une femme, mais il fallait bien que je te raconte quelque chose... Ça t'étonne, hein ?

Si Patricia était étonnée, elle était encore beaucoup plus effrayée. Du fait qu'il lui racontait ses méfaits, elle devenait un témoin gênant. Qu'arrive-t-il en général à ces témoins-là ? On les supprime.

Le rapt de l'industriel Salbert datait d'à peine un mois. La police en recherchait partout les auteurs, qui n'avaient pas été identifiés. Elle était donc seule à savoir...

— Ces histoires ne me regardent pas. Je ne veux pas en entendre davantage, déclara-t-elle d'une voix que l'émotion faisait trembler.

Melville la dévisagea d'un œil perçant et lui dédia un sourire où passait une ombre de regret.

Il se leva, alla chercher deux verres et une bouteille de Dom Pérignon.

— N'aie pas peur, je ne te ferai aucun mal à condition que tu suives mes ordres à la lettre, assura-t-il. Tu as ma parole, une parole que je n'ai jamais trahie. Quand tu nous auras déposés à la porte de Saint-Cloud, tu seras libre de rentrer à Verneuil.

Il déboucha la bouteille.

— C'est la dernière, dit-il en versant le champagne. Nous allons boire à nos rêves perdus.

Et, tendant un verre à Patricia, il intima sèchement :

— Prends et trinque avec moi.

A contrecœur, elle choqua sa flûte contre celle de Melville. Puis elle trempa ses lèvres dans le champagne qui lui parut amer. Elle était dégoûtée du champagne pour toute sa vie...

Antoine, lui, vida son verre d'un trait et le remplit à nouveau.

— Oui, reprit-il, nous avons beaucoup rêvé ensemble pendant une semaine. A la fin, j'y croyais presque. Je me voyais avec toi et tes filles dans une île du Pacifique...

Il s'interrompit et regarda la jeune femme avec tristesse. Puis il redevint Toni, le truand :

— Je suis obligé de partir plus vite que je ne pensais. Les flics ont fait une descente au Perroquet, où Paulo traitait pour moi certaines affaires. Il a pu se tirer, mais il a laissé l'Alfa à cinquante mètres du bar. La police a tendu une souricière dans la rue et demande les papiers de tous ceux qui viennent récupérer une voiture, garée dans le coin. Paulo a un lourd casier et il est en cavale. Il a préféré abandonner l'Alfa et se réfugier ailleurs, d'où il a téléphoné pour qu'on vienne le chercher. C'est pourquoi on a emprunté ta R-16.

— Mais il aurait pu prendre un taxi.

— Merci, pour que le chauffeur lui pose des tas de questions ! Ils sont bavards, ces mecs-là ! Paulo n'est pas fin et il a mauvais genre, surtout quand il parle. Pour peu qu'il soit malin, le chauffeur aurait flairé quelque chose de louche et aurait pu faire un rapport aux flics.

— Alors, pourquoi n'a-t-il pas pu prendre le train pour Paris où vous l'auriez rejoint ?

— Parce que la gare d'Evreux est surveillée, et Saint-Lazare aussi. Je te le répète, Paulo est en cavale et il transporte des « choses » très importantes. Je tiens donc à prendre toutes les précautions. Tu vas nous conduire à Paris. Un soir de Noël, il y a beaucoup de trafic et la gendarmerie ne peut se permettre de contrôler toutes les voitures sans créer d'énormes bouchons. Tu seras bien sage, parce que je ne voudrais pas qu'il t'arrive malheur.

Patricia avait la gorge sèche. Elle but une gorgée de champagne. Ce voyage à Paris avec les quatre bandits allait être pire qu'un cauchemar.

Et s'ils allaient la tuer en route ? Ou s'ils la descendaient ici même, avant de prendre la fuite avec la R-16.

Antoine devina sans peine les pensées qui la torturaient.

— Tu as ma parole : nul ne te fera le moindre mal si tu es régulière. Je n'ai jamais tiré qu'en état de légitime défense.

— J'ai une proposition à vous faire, dit-elle très vite. Vous prendrez ma voiture et vous me laisserez ici, après avoir arraché les fils du téléphone.

Melville eut un rire tonitruant :

— Elle est bien bonne, celle-là ! Tu te précipiterais dans la première ferme du coin, pour alerter la gendarmerie et donner le numéro de ta bagnole ! Tu me prends pour un crétin ? J'ai confiance en toi, mais jusqu'à un certain point, petite bonne femme qui se croit rouée...

— Je vous assure que je n'avais pas envisagé cette éventualité, mentit-elle avec force.

— Ne te fais pas plus bête que tu n'es. D'ailleurs, je ne te reproche pas d'essayer de me tendre des pièges. Tu joues ton jeu, c'est à moi de les éviter. Tu ne fais pas le poids, petit oiseau. Malgré cela, je te voudrais encore comme compagne.

Là-dessus, Antoine se servit une troisième fois du champagne, qu'il but aussitôt et remplit à nouveau son verre.

« Il va être bientôt ivre, s'il continue à ce rythme-là, » se dit l'infirmière avec terreur.

Elle n'avait pas du tout envie de demeurer en tête à tête avec cet homme qui la désirait de façon inquiétante.

Elle consulta furtivement sa montre. Les autres ne pouvaient être de retour avant trois quarts d'heure. Elle connaissait suffisamment la route pour évaluer le temps qu'il fallait afin d'effectuer le trajet aller et retour la Ferté-Evreux.

Imitant parfaitement un geste maladroit, elle renversa son verre. Elle sortit un mouchoir de sa poche et se mit à éponger la table.

— Je suis désolée ! Je commençais justement à avoir une soif terrible. Puis-je quand même avoir un peu de champagne ?

« Ce serait toujours autant qu'il ne boira pas », pensa-t-elle. Il la servit et elle constata avec un certain soulagement, qu'il ne restait plus grand-chose dans la bouteille.

— Bois, petit oiseau et réfléchis à ce que je vais te proposer : si on recommençait à rêver ? Je pars pour l'Amérique du Sud. Là-bas, je ne truanderai plus. Je monterai des affaires, d'énormes affaires qui feront de moi un milliardaire. Je vais commencer par acheter une belle maison. Dans quelque temps, tu pourrais me rejoindre avec tes filles. Quand tu voudras. Si tu me dis : oui, je t'attendrai.

« Ça recommence », constata Patricia non sans appréhension. Un horrible soupçon jaillit dans la tête de la jeune femme : Melville serait-il un malade mental ?

Elle se souvenait de sa fureur, quand elle lui avait dit, sans aucune mauvaise intention :

« Vous êtes fou », alors qu'il s'exaltait en parlant de lui offrir une fortune.

— La rançon de Salbert et ce que j'ai mis de côté sur mes coups précédents, cela représente un joli magot. Cet argent, j'aimerais en profiter avec toi...

Melville devenait de plus en plus volubile et agité. Patricia se tassait dans son fauteuil, cherchant en vain que dire ou que faire pour arrêter ce flot de paroles, destinées à la convaincre de devenir la femme du plus grand des marginaux.

Soudain, comme si en lui un ressort s'était détendu, Melville redevint calme et son visage prit une expression désabusée.

— Je vois que je vous ennuie, dit-il avec lassitude. Vous auriez pu, quand même, essayer de jouer à rêver une dernière fois.

Il ne s'adressait plus à elle en la tutoyant. Cela voulait-il dire qu'il s'était résigné à la laisser tranquille ?

— Je ne joue pas à rêver. Il m'arrive de rêver, mais c'est en dehors de ma volonté.

— Pourquoi me rejetez-vous ?

— Je ne vous aime pas, Antoine. Et puis, nous avons de la vie des conceptions trop différentes...

La sonnerie du téléphone interrompit la jeune femme.

Melville se leva aussi vite que le lui permettait sa jambe encore douloureuse. L'œil dur et inquiet, il décrocha l'écouteur.

— Allô ! lança-t-il d'un ton sec.

Et, tandis qu'il écoutait son interlocuteur, son expression devenait de plus en plus tendue.

« Que va-t-il encore se passer ? » se demanda Patricia avec angoisse.

CHAPITRE IX

Anne Taverny était perplexe et vaguement inquiète. Le coup de téléphone de Patricia lui paraissait étrange.

En premier lieu, son amie lui avait parlé sur un ton qui n'était pas naturel. Il y avait de la contrainte dans sa voix, et ses réponses n'étaient pas nettes.

La jeune femme n'arrivait pas à croire que Melville eût une réelle influence sur Patricia, bien que celle-ci vînt de laisser entendre qu'elle envisageait à nouveau de partir avec lui.

— Il y a environ deux heures, elle m'a confié qu'elle avait l'impression d'avoir fait fausse route en s'emballant pour Antoine, murmura-t-elle entre ses dents.

Et voilà que Patricia abandonnait ses deux petites filles le soir du 25 décembre pour rester en compagnie de cet homme ! Cela ne ressemblait pas du tout au comportement habituel de l'infirmière. Il fallait donc qu'il se passât quelque chose de grave entre elle et Melville pour qu'elle agît ainsi.

Même très amoureuse, elle ne se serait pas comportée de cette manière.

— Maman n'est pas encore là ? questionna Nathalie, tandis que sa sœur regardait la télévision.

— Non, répondit Anne. C'est elle qui vient de téléphoner. Elle est retenue, elle rentrera tard. Vous allez dîner et coucher chez moi.

Nathalie prit un air contrarié :

— C'est avec Antoine, qu'elle est ?

— Je ne crois pas. Elle a rencontré des amis...

— Je préfère ça. Moi, Antoine, il ne me plaît pas trop, et à Laurence non plus, conclut la petite fille. Je retourne à la télé, tu nous appelleras pour partir...

— Eh bien, c'est gai ! soupira Anne quand Nathalie eut refermé la porte derrière elle.

Bientôt, Fontaine allait arriver. Que pourrait-elle lui raconter ? Oui, bien sûr, qu'il était invité à déjeuner le lendemain. Patricia avait même spécifié qu'elle avait beaucoup de choses à confier au médecin... Elle qui, d'habitude, cherchait tous les prétextes pour ne pas rester seule avec lui !

Plus Anne réfléchissait, moins elle comprenait. Elle tournait en rond dans la salle, regrettant que son mari fût parti, sous prétexte « d'étudier un important dossier à la maison »...

— Une sieste ! grommela-t-elle. C'est sûrement cela qu'il appelle étudier un important dossier !

Son Minou, lui, aurait certainement eu une

idée sur ce que cachait le comportement de Patricia.

A dix-huit heures trente, Fontaine se présenta rue Saint-Marcel. Contrairement à son habitude, son visage ne s'assombrit pas lorsqu'il se trouva en face de la jeune femme.

— Joyeux Noël, Anne ! Jacques est en forme ? Vous êtes bien remis de votre réveillon à Paris ?

— Joyeux Noël, Eric ! Entrez donc. Jacques fait un petit somme à la maison, mais il est en super-forme.

— Patricia et les filles sont dans la salle ?

— Retirez votre manteau. Les petites sont dans le bureau en train de regarder la télé, éluda Anne. Vous n'avez pas été trop dérangé depuis hier ?

— Quelques indigestions dans la nuit, rien de bien grave.

Le médecin suivit Anne dans le living.

— J'ai apporté des marrons glacés pour Patricia, je sais qu'elle les adore.

En même temps, il découvrait que l'infirmière ne se trouvait pas dans la pièce.

— Patricia regarde la télévision avec Nathalie et Laurence ? questionna-t-il.

Anne eut un geste de dénégation.

— Asseyez-vous, Eric. Patricia est retenue. Elle m'a chargée de vous recevoir et de vous expliquer certaines choses. Entre autres, qu'elle vous attend sans faute à déjeuner demain.

Le médecin semblait profondément déçu.

— Où est-elle ? Chez ce Parisien de la Haute-Folie ?

— Je ne pense pas, mentit Anne. Elle est allée souhaiter un bon Noël à des amis, et ceux-ci l'ont persuadée de passer la soirée avec eux. Elle a téléphoné pour me prévenir et me demander d'emmener les filles. Vous savez ce que c'est : on se trouve pris dans une ambiance, les gens insistent pour vous garder et il devient impossible de partir.

Fontaine eut un petit sourire ironique et amer. Il n'était pas dupe.

— Allons, Anne, ne vous creusez pas la tête. Vous inventez mal. Depuis que Patricia soigne ce Melville, elle n'est plus la même. D'ailleurs, vous le savez bien, vous m'avez déjà mis en garde, l'autre jour, quand je suis venu en consultation pour Jacques. Vous pouvez me le dire : elle est amoureuse de cet homme, n'est-ce pas ?

— Je vous assure que vous vous trompez... protesta-t-elle d'une voix ferme.

Mais Eric l'interrompit :

— Je vous demande la vérité. A la suite de ce fameux entretien que j'ai eu mercredi avec vous, j'ai beaucoup réfléchi. J'en avais conclu qu'il me fallait faire part de mes sentiments à Patricia. Hier après-midi, je suis venu ici dans cette intention et elle m'a laissé entendre que j'arrivais un peu tard.

— Ecoutez, Eric, je suis certaine que vos

chances sont intactes et je vais vous expliquer pourquoi.

— Ne vous moquez pas de moi. Elle est chez Melville, j'en suis sûr.

— Oui, elle est chez Melville, mais c'est justement pour lui signifier qu'elle ne le verrait plus.

— Je n'en crois pas un mot. Vous me racontez une histoire pour me mettre du baume dans le cœur. Je sais encaisser...

Anne l'arrêta d'un geste. Après tout, Fontaine méritait d'être tenu au courant de ce qui s'était passé depuis huit jours. En ce moment, à la Haute-Folie, l'infirmière était en train, soit de rompre, soit au contraire de s'engager avec Melville. Dans un cas comme dans l'autre, les révélations qu'elle allait faire à Eric ne changeraient rien aux événements.

— Patricia est partie d'ici avec Melville, vers cinq heures...

— D'ici ! et avec Melville !

— C'est vrai, vous n'êtes pas au courant de l'histoire du « papa » pour Noël.

Anne lui raconta tout ce qu'elle savait, le plus objectivement du monde. Et elle finit par les confidences que Patricia lui avait faites, tout à l'heure, dans la cuisine.

— En définitive, elle s'est rendu compte qu'elle avait fait fausse route. Je vous assure qu'elle a quitté cette maison avec la ferme intention de se débarrasser de Melville.

Là, Anne exagérait un peu. Cependant, après

avoir observé les réactions de Patricia en face d'Antoine, elle avait acquis la conviction que celle-ci n'était pas vraiment amoureuse.

Pensif, Fontaine regardait le bout de ses chaussures.

— Alors, pourquoi ne rentre-t-elle pas ? Que vous a-t-elle dit, au juste, par téléphone ?

— Qu'elle était en pleine discussion. Je vous le répète : elle a beaucoup insisté pour que je n'oublie pas de vous dire de venir déjeuner avec elle demain. Elle a même ajouté qu'elle avait beaucoup de choses à vous confier.

Eric fronça les sourcils :

— Il y a un je ne sais quoi qui m'échappe dans l'attitude de Patricia. Si elle avait eu réellement l'intention de rompre, elle n'aurait pas accepté de rester toute la soirée chez cet homme.

Anne eut brusquement une idée :

— Peut-être lui fait-il le coup du suicide ? Il a déjà essayé une fois, pour une autre femme. Il a pu la menacer de récidiver... Oui, c'est sûrement cela. Je comprends maintenant pourquoi Patricia parlait avec cette voix si bizarre, au téléphone. Comme si elle avait peur...

— Comme si elle avait peur ! Mais elle avait peut-être *réellement* peur...

— N'exagérons rien. Elle sait se défendre. Je ne crois pas que Melville soit assez bête pour user de violence avec une femme comme Patricia.

— J'aimerais tout de même bien savoir ce qui se passe à la Haute-Folie, murmura le médecin.

— Moi aussi.

Anne s'interrompit : Nathalie et Laurence entraient dans la pièce. Dès qu'elles aperçurent Fontaine, elles coururent l'embrasser en lui souhaitant un joyeux Noël. Puis elles lui montrèrent les jouets et le tourne-disque qu'elles avaient trouvés dans leurs souliers.

— Maman t'a aussi acheté un cadeau, lui confia Laurence.

— Mais on ne peut pas te le donner, elle est sortie, expliqua Nathalie, la mine déconfite.

En effet, la veille, après la visite du médecin, l'infirmière était allée lui acheter un stylo.

— Tant pis, dit-il en souriant. Elle me l'offrira demain.

— Chic ! Tu reviens demain, dit Laurence en battant des mains.

— Oui, votre maman m'a invité à déjeuner.

La nouvelle fut accueillie avec des explosions de joie. Fontaine se pencha pour embrasser les petites en annonçant :

— Maintenant, il faut que je parte.

— Nous n'allons pas tarder à en faire autant, dit Anne après avoir jeté un coup d'œil à la pendule.

Et, s'adressant aux filles, elle ordonna :

— Allez mettre dans votre petite valise vos pyjamas, vos brosses à dents et un livre si vous voulez que je vous raconte une histoire avant de dormir.

— Il y a un dessin animé qui va commencer ! On n'a pas le temps de le regarder ? demanda l'aînée des filles.

— Non. Assez de télévision pour aujourd'hui.

Résignées, Nathalie et Laurence se dirigeaient vers leur chambre, quand un coup de sonnette retentit à la porte d'entrée.

Suivie de Fontaine, Anne alla ouvrir.

— Jacques ! Henri ! s'exclama-t-elle en voyant son mari escorté de leur cousin Capel. Vous en faites une tête... Auriez-vous tous les deux des digestions difficiles ? Eric peut vous faire une ordonnance...

Les deux hommes ne daignèrent pas sourire. Ils pénétrèrent dans la maison et refermèrent la porte derrière eux.

— Patricia est rentrée ? demanda aussitôt Jacques Taverny.

— Non. Elle a téléphoné qu'elle restait à dîner chez Melville. Je dois emmener les petites chez nous.

— Il ne manquait plus que cela ! grogna le commissaire Capel. Quelle catastrophe...

Il se tut en apercevant Nathalie et Laurence qui venaient de faire irruption dans la pièce.

Anne intervint aussitôt :

— Vous pouvez aller regarder votre dessin animé. Je vous appellerai quand ce sera le moment de partir.

Les petites ne se firent pas répéter l'invitation et disparurent dans le bureau.

— Que se passe-t-il ? interrogea Fontaine avec inquiétude.

— Il faut trouver un moyen de faire revenir immédiatement Patricia de chez Melville, dit Capel, l'air très contrarié.

— Pourquoi ? demanda le médecin. Vous avez quelque chose d'important à lui communiquer ? Sa mère serait-elle malade ? A quel titre intervenez-vous dans sa vie privée ?

— Ne vous emballez pas, Eric, dit Anne. Je n'ai pas eu le temps de vous présenter l'un à l'autre. Ce monsieur est mon cousin, Henri Capel, commissaire à la P. J. J'imagine qu'il a de sérieuses raisons pour agir ainsi.

Et elle ajouta, en se tournant vers le policier :

— Le Dr Fontaine est un ami de Patricia. Ils travaillent ensemble depuis bientôt deux ans. C'est d'ailleurs lui qui a soigné Melville.

— Oui. Et j'ai aussi envoyé Patricia chez ce type pour lui faire ses pansements et ses piqûres. Ce jour-là, j'ai été bien mal inspiré !

— Ça, vous pouvez le dire, assura Capel. Je n'ai pas le temps de tout vous expliquer en détail, mais sachez que Melville est un dangereux malfaiteur. Il est l'auteur de plusieurs hold-up et aussi de l'enlèvement de l'industriel Salbert. Sans Anne, nous ne l'aurions peut-être pas encore identifié.

— Comment cela ? s'étonna la jeune femme.

Le commissaire jeta un coup d'œil sur son bracelet-montre.

— Je te le dirai plus tard. Je te le répète, nous n'avons que peu de temps devant nous. Dans moins d'une heure, les gendarmes de Verneuil, de la Ferté et trois de mes collaborateurs doivent cerner la Haute-Folie et sommer Melville de se rendre. Il faut absolument que Patricia soit sortie de la maison avant l'opération, sinon ce bandit va la garder en otage.

— Si on allait la chercher ? proposèrent en chœur Taverny et Fontaine.

— Ou si, moi, j'y allais ? dit Anne à son tour.

— Non. Melville sait d'ores et déjà que son complice Paulo a des ennuis, mais il ignore qu'il est entre nos mains. Cependant, il doit se méfier et votre intrusion risque de mal tourner. En fait, nous avons arrêté ce Paulo. Nous l'avons obligé à appeler la Haute-Folie et à raconter qu'il avait pu s'échapper du bar du Perroquet, où nous avons fait une descente cet après-midi, et qu'il s'était réfugié dans une brasserie où il attendait qu'on vienne le chercher. J'espérais que Melville irait lui-même, mais il a délégué deux complices que des policiers doivent être en train d'arrêter en ce moment. Enfin, je l'espère. Parce que, lorsque Paulo a téléphoné, Alex et Gaby étaient au pavillon de chasse. J'ignore s'ils en sont partis avant ou après l'arrivée de Patricia et de Melville.

— Alors, que proposes-tu ? questionna Anne.

Il faut faire quelque chose. Ne pas laisser Patricia dans les griffes de ce bandit.

— Je suggère que le Dr Fontaine appelle lui-même la Haute-Folie. Il pourrait prendre pour prétexte un malade, dont l'état réclamerait des soins urgents... Vous voyez ce que je veux dire ?

— Très bien, répondit Fontaine. Donnez-moi le numéro de la Haute-Folie.

— Le hic, évidemment, c'est qu'il ne figure pas dans l'annuaire. Si Melville vous demande comment vous l'avez obtenu, tâchez de le persuader que les P.T.T. vous l'ont donné sous le sceau du secret professionnel, parce qu'il s'agissait d'une question de vie ou de mort. Avec un peu de chance, il peut avaler la couleuvre.

Pendant que Fontaine se dirigeait vers le téléphone, Capel envoya sa cousine s'assurer que Nathalie et Laurence se trouvaient toujours dans le petit bureau.

— Maintiens-les devant la télévision. Après, nous aviserons.

Très calme, en apparence du moins, Eric composa le numéro de la Haute-Folie, tandis que le commissaire prenait l'écouteur. Au bout de quatre sonneries, une voix sèche lança :

— Allô !

— Allô ! monsieur Melville ? Ici le docteur Fontaine. Excusez-moi de vous déranger. Mme Darmont est chez vous, paraît-il. Pourrais-je lui dire deux mots ?

Il y eut quelques instants de silence, puis Melville demanda :

— A quel sujet ?

— C'est à Mme Darmont que je l'expliquerai. Il s'agit d'une question professionnelle très urgente, répondit le médecin d'un ton net.

— Une minute, s'il vous plaît.

Fontaine et Capel entendirent d'abord un petit bruit indiquant que Melville déposait le récepteur, puis des pas qui s'éloignaient.

Au bout d'un moment qui leur parut interminable, de nouveau des pas, mais précipités cette fois, se rapprochèrent et la voix de Patricia, haletante et contractée, retentit à leurs oreilles.

— Allô ! Eric ? Qu'y a-t-il donc ? Il n'est rien arrivé à Nathalie ou à Laurence ?

Le médecin hésita. C'était là évidemment un bon prétexte pour faire rentrer Patricia. Mais il n'eut pas le courage de lui infliger ce qui eût été pour elle le plus cruel des supplices. En outre, elle ne le lui aurait jamais pardonné.

— Vos filles vont très bien. Elles sont avec Anne devant la télévision. Je vous appelle au sujet du père Benoît. Son état a brusquement empiré. Pas question de l'emmener à l'hôpital, vous savez qu'il est intransportable. Il faut que je lui fasse une trachéo à domicile et j'ai besoin de vous pour m'assister. Je vous attends ici, chez vous. Venez immédiatement.

Il y eut de nouveau un silence, entrecoupé de chuchotements dont ni Capel ni Fontaine ne purent saisir un mot. Enfin, Patricia répondit d'un ton nettement faux :

— Mais je ne suis pas de garde. Faites appel à Mme Lucas, ma remplaçante.

— J'y ai songé, mais il est impossible de la joindre. Son mari m'a dit qu'elle venait de partir pour sa tournée en campagne. Elle en a au moins pour trois heures et il ignore son itinéraire...

— C'est très ennuyeux, gémit Patricia au bout du fil.

— Sans doute, répondit Eric le plus sèchement du monde. Je suis désolé de gâcher votre soirée, mais il faut que vous veniez le plus vite possible. Dès que l'intervention sera terminée, vous pourrez retourner auprès de M. Melville. Il doit comprendre que vous ne pouvez me refuser votre concours dans un cas aussi grave que celui-ci, où chaque minute compte pour sauver la vie d'un homme. C'est une des exigences de notre métier.

— N'insistez pas, Eric. Je ne peux absolument pas bouger d'ici, affirma l'infirmière d'une voix de plus en plus angoissée.

— Comment cela, vous ne pouvez pas ? C'est pratiquement un refus d'assistance à personne en danger ! Et votre conscience professionnelle, qu'en faites-vous ?

Maintenant, on entendait Patricia haleter de plus en plus fort dans le récepteur. Puis, soudain, ce fut Melville qui parla :

— Si vous laissiez Mme Darmont tranquille, docteur ? Elle n'est pas de garde et elle me charge de vous répéter qu'elle ne veut pas participer à votre intervention sur le père Machin. Trouvez une autre infirmière. Il y en a à l'hôpital de Verneuil. Salut, toubib ! Et fichez-nous la paix.

Il y eut un déclic, Melville avait raccroché.

Fontaine et Capel se regardèrent, consternés. Puis, ils résumèrent pour Anne et Jacques Taverny les réponses de Patricia et l'intervention de Melville.

Ensuite, le commissaire reprit le téléphone :

— J'appelle Evreux pour savoir s'ils ont cueilli le couple qui devait aller chercher Paulo, expliqua-t-il. Après, Anne, tu emmèneras les petites chez toi et surtout, qu'elles ne sachent rien. Si Melville refuse de se rendre, l'affaire fera du bruit.

Là-dessus, il forma un numéro et s'entretint brièvement avec son correspondant. Dès que la communication fut terminée, il dit à Fontaine et à Taverny :

— Ils ont arrêté Alex Venturi et Gaby Ruffec. Le plus ennuyeux, c'est que ces deux voyous se sont rendus à Evreux dans la voiture de Patricia. D'après leurs premiers aveux, notre petite infirmière a perdu ses illusions sur la véritable personnalité de Melville. C'est sous la menace d'un revolver qu'il a « emprunté » la R-16. Et ce n'est pas tout : Melville avait en outre l'intention d'obliger Patricia à le conduire avec ses complices à l'entrée de Paris.

Défiguré par l'inquiétude, Fontaine marchait de long en large.

— Je comprends pourquoi elle parlait de cette façon bizarre au téléphone : c'est Melville qui lui dictait ses réponses...

Il s'arrêta. Anne, Nathalie et Laurence, prêtes à partir, venaient d'entrer dans le vestibule.

— Tu nous accompagnes, mon Minou ? demanda la jeune femme.

— Non. Prends la voiture. Je reste avec Henri et Eric. Je vous rejoindrai plus tard.

Anne se rembrunit mais n'osa protester devant les enfants.

— Ne me laissez pas trop longtemps sans nouvelles, recommanda-t-elle.

Dès qu'elles furent parties, le médecin demanda au commissaire :

— Selon vous, Melville ignore que ses complices sont arrêtés ?

— Certainement. Ils ont été pris il y a à peine une demi-heure. Melville a dû calculer le temps qu'il leur fallait pour effectuer l'aller et retour entre la Haute-Folie et Evreux. Pour l'instant, en supposant qu'ils soient libres, les trois complices devraient se trouver sur la route, peu avant Damville.

— Et qu'allez-vous faire pour délivrer Patricia des mains de cet homme ?

Capel eut un geste d'impuissance.

— Nous n'avons pas réussi par la ruse.

Comptons sur l'effet de surprise. Espérons que Melville se rendra sans faire de casse.

— C'est tout ce que vous avez trouvé ! éclata Fontaine. L'effet de surprise... Quel effet de surprise ? Une nuée de gendarmes avec projecteurs, haut-parleurs, chiens, camions... Il vous verra venir de loin et qui sera la victime de cette merveilleuse manœuvre ? Patricia !

— Calme-toi, intervint Jacques Taverny. Henri est très fort.

— Très fort ! Mais ce n'est pas lui qui sera sous la menace du revolver de Melville ! J'y tiens, moi, à Patricia. Je ne veux pas qu'il lui arrive malheur.

Capel, dans un élan de sympathie, posa sa main sur l'épaule du médecin.

— Je vous la rendrai saine et sauve. J'en fais le serment. Même si cela doit me coûter ma carrière. Je vous en conjure, calmez-vous, mon vieux. Attendez-moi ici, je vous tiendrai au courant.

Eric sursauta.

— Attendre ici, ça, non ! Je viens avec vous, vous ne pouvez pas me refuser cela.

— Moi aussi je t'accompagne, décida Taverny.

Le commissaire hésita puis finit par céder :

— Je veux bien, à condition que vous me promettiez tous les deux de ne prendre aucune initiative sans me consulter. Tout acte inconsidéré de votre part risquerait d'avoir des conséquences fatales pour vous autant que pour Patricia.

Fontaine et Taverny promirent tout ce que Capel exigeait.

— Allons, il faut partir. Les forces de l'ordre que j'ai convoquées m'attendent pour agir. Toubib, vous avez votre voiture ?

— Oui, elle est devant la maison.

— Prenez-la et suivez-moi tous les deux. A la Ferté, je dois charger des collègues et je n'aurai pas de place pour vous.

Le commissaire ouvrait la porte pour sortir, mais Fontaine le retint par le bras :

— Jacques va conduire seul ma voiture jusqu'à la Ferté. J'aimerais monter avec vous, pour vous soumettre un plan.

Sceptique, Capel soupira en haussant les épaules :

— O. K. Mais vous savez, à part la force, je ne vois pas comment faire sortir le loup de sa tanière.

Il regrettait d'avoir accordé, non pas à Taverny mais à Fontaine, l'autorisation d'assister à cette opération qui promettait de ne pas être facile.

Dès qu'ils furent installé dans la G. S. du commissaire, celui-ci commença par se mettre en liaison radio avec le P. C. de la gendarmerie.

— Allô ! Renard bleu ? Ici Pivoine rouge. Rien de nouveau ? Bon. Donc, notre homme se croit toujours à l'abri. Tenez-vous prêts. J'arrive. Je donnerai le signal dans dix minutes environ, dès que j'aurai rejoint le Point Oméga.

Capel coupa le contact radio et fit démarrer la voiture.

— Alors, ce plan, toubib ? demanda-t-il avant de s'arrêter au stop de la déviation.

— Eh bien, d'après ce que nous savons, en ce moment, Melville doit attendre le retour de la R-16 avec ses trois complices.

— Certainement. Son téléphone est sous surveillance. Nul n'a cherché à l'appeler. Donc, il ignore que ses compagnons ont été arrêtés.

— Supposons que, dans une vingtaine de minutes, une voiture pénètre dans la cour de la Haute-Folie. Melville s'imaginera que ce sont ses complices.

— Pas longtemps. La porte doit être fermée à double tour et il n'ouvrira qu'à ceux qu'il reconnaîtra. Si j'y vais avec deux ou trois hommes, il aura vite fait de comprendre et de nous tirer dessus en prenant Patricia comme bouclier.

— Il n'est pas question que vous y alliez, répondit le médecin. Ce serait idiot.

Le commissaire fronça les sourcils. Il soupçonnait ce que le médecin amoureux allait lui proposer. Aussi est-ce sans surprise qu'il entendit Eric poursuivre :

— C'est moi tout seul qui vais me rendre à la Haute-Folie. Tout d'abord, il pensera que je viens pour chercher Patricia...

— Et cela fera deux otages au lieu d'un. Vous êtes cinglé ! lança Capel.

— Au moins, je pourrai protéger Patricia.

Elle ne sera plus seule avec lui. Pour elle, ce sera déjà un réconfort. Mais afin que mon plan soit efficace il faudrait que vous me laissiez le temps de parlementer avec Melville avant de vous manifester.

— Parlementer ! ricana le commissaire. Pour lui dire quoi ! Qu'il doit gentiment se rendre ? Il vous rira au nez.

— Réfléchissez : deux otages sont plus difficiles à surveiller qu'un seul. Je suis physiquement plus musclé que la moyenne des hommes de mon âge. J'ai fait beaucoup de sport et aussi du judo. A la moindre défaillance de Melville, je peux lui sauter dessus et le ceinturer. J'ai suffisamment de sang-froid pour ne pas me lancer à la légère.

En son for intérieur, Henri Capel commençait à s'intéresser aux propos du médecin. Il garda le silence, tandis qu'Eric continuait à développer son plan :

— Donc, je me présente à la Haute-Folie. Si Melville ne veut pas m'ouvrir, je lui annonce que ses complices sont arrêtés. Je lui dis que j'ai d'importantes communications à lui faire et que je viens en parlementaire, au nom de la police. Là, je suis à peu près sûr qu'il me fera entrer dans le pavillon de chasse.

— Sans doute. Et après ?

— Après, j'essaie de le convaincre de se livrer. S'il refuse, je lui proposerai de me garder en otage à la place de Patricia. C'est pourquoi je vous demande de vous tenir, avec vos hommes, pendant une petite heure, à une certaine distance de la Haute-Folie. Vous pourriez vous déployer dans un rayon de deux cents mètres autour de la propriété. Si je réussis seulement à libérer Patricia, elle partira à pied ou avec ma voiture. Si j'échoue sur tous les tableaux, je serai au moins près d'elle pendant que vous donnerez l'assaut.

— Vous avez bien mesuré les dangers auxquels vous vous exposez ? questionna le commissaire. Vous me mettez dans l'embarras : s'il vous arrivait un pépin, je m'en sentirais responsable.

— Ah ! non, protesta Fontaine. Cette initiative ne regarde et n'engage que moi. La seule chose que je vous demande, c'est ce délai d'une heure pour m'expliquer avec Melville.

Comme Capel demeurait pensif, le médecin poursuivit :

— Savez-vous ce que c'est, que d'aimer follement une femme ?

— Cela m'est presque arrivé, il y a très longtemps, répondit le commissaire.

Fontaine eût été bien étonné si Capel avait ajouté que celle qui avait failli être l'objet d'une grande passion de sa part n'était autre que l'infirmière...

Le commissaire éprouvait une vive estime pour le médecin. Les risques que se proposait de prendre Fontaine étaient immenses et prouvaient la sincérité et la solidité de ses sentiments pour la jeune femme.

— J'aime Patricia plus que ma vie, continua

Eric. Avec ou sans votre autorisation, j'irai à la Haute-Folie.

Ils arrivaient à la gendarmerie de la Ferté. Une demi-douzaine d'estafettes stationnaient dans la cour et de nombreux gendarmes battaient la semelle, l'arme à la bretelle.

Capel descendit de voiture avec Fontaine et fit signe à Taverny, qui arrivait derrière eux, de les suivre.

Le commissaire serra la main des officiers et des policiers en civil qui se trouvaient là.

— Je vous présente le Dr Fontaine et M. Taverny. Ils sont tous deux de Verneuil. Le Dr Fontaine va dès maintenant se rendre à la Haute-Folie pour essayer d'obtenir la reddition de Melville, qui se trouve seul là-bas avec Mme Darmont, l'infirmière qui l'a soigné.

Puis, s'approchant de la grande carte d'état-major qui occupait tout un mur de la pièce, il poursuivit :

— Nous, nous allons le plus discrètement possible former un cercle à environ trois cents mètres de la Haute-Folie. Pendant l'heure durant laquelle le Dr Fontaine négociera avec Melville, nous ne nous manifesterons pas. Je demande aux journalistes présents d'attendre mon feu vert pour divulguer quoi que ce soit touchant cette affaire.

Durant encore cinq bonnes minutes, Capel désigna sur la carte, à chaque responsable, le point où celui-ci devait prendre position avec ses hommes. Puis il se tourna vers Fontaine :

— Vous pouvez y aller, mon vieux, dit-il.

Fontaine serra la main que lui tendait le commissaire.

— Merci. Vous verrez, tout ira bien, assura-t-il en s'efforçant de sourire.

— Soyez prudent, j'aimerais être invité à votre mariage avec Patricia...

CHAPITRE X

Après avoir arraché le récepteur des mains de Patricia et envoyé promener Eric Fontaine avec une cynique désinvolture, Melville raccrocha en s'esclaffant :

— Il rêve, ou quoi, votre toubib ? Votre amie Anne a dû lui dire que vous étiez chez moi et il est jaloux. Le coup du père Machin à opérer chez lui, c'est un prétexte pour vous récupérer... Il me prend pour un idiot ! Qu'en penses-tu, petit oiseau ?

Sans un mot, Patricia lui tourna le dos et à l'autre extrémité de la salle se laissa tomber dans un fauteuil.

Antoine s'assit en face d'elle, l'air soudain préoccupé.

— Je ne vous ai jamais donné mon numéro de téléphone et il ne figure pas dans l'annuaire. Comment Fontaine s'est-il débrouillé pour se le procurer ? Seule la police, ou encore quelques services spéciaux de certains ministères, peuvent exiger des P.T.T. un numéro confidentiel.

Sans le laisser paraître, la jeune femme était,

elle aussi, intriguée. Elle savait que le prétexte invoqué par Eric était faux. Rien n'empêchait de transporter le père Benoît à l'hôpital.

En outre, même animé par un sentiment de jalousie, jamais Fontaine ne se serait permis de la déranger un jour où elle n'était pas de garde.

Une raison importante l'avait donc poussé à user d'un stratagème pour la faire rentrer à Verneuil. Mais il ignorait, évidemment, qu'elle n'avait plus sa voiture.

Il se passait sans aucun doute quelque chose de grave. Le médecin aurait-il eu des renseignements sur Melville ? Mais comment ? Par qui ? Par la police ?... Il fallait avant tout essayer de détourner les soupçons d'Antoine.

— Quand il s'agit d'une question de vie ou de mort, les petites postes, comme celle de Verneuil, peuvent donner un numéro confidentiel à un médecin de la ville. Bien entendu, sous le sceau du secret professionnel, affirma-t-elle. C'est déjà arrivé...

— Tiens, tiens, ricana Melville. C'est possible. Mais moi, je me méfie et je préfère prendre mes précautions.

Il se dirigea vers le râtelier à fusils, en décrocha une carabine dont il manœuvra la culasse. Ensuite, il la chargea avec des balles qu'il prit dans le tiroir d'une table et, la gardant à la main, il revint s'asseoir en face de Patricia.

— Je suis content que vous soyez là, petit oiseau. En cas de difficultés, vous me serez largement aussi utile que ça, dit-il en soulevant la carabine.

Tout en demeurant aux aguets, Melville était d'un calme effrayant. La jeune femme sentait qu'il se concentrait au maximum.

Après avoir tourné le bouton d'un transistor, il écouta les informations. Elles étaient banales, comme elles le sont, en général, les dimanches et jours de fêtes. Puis il coupa le son avec un grognement dubitatif.

— Qu'est-ce que vous craignez ? demanda-t-elle. Que vos complices vous aient trahi ?

Melville eut un bref sourire :

— On ne trahit pas Melville. Ils savent que, tôt ou tard, il leur en coûterait la vie. Même si on me mettait en prison, je n'y resterais pas longtemps. Je m'évaderais et je règlerais mes comptes, faites-moi confiance.

Patricia frémit. En dépit de son orgueil démesuré, cet homme disait la vérité. Il était capable de tuer Alex ou Paulo, comme d'autres tirent sur un lapin à la chasse.

Et cependant, Antoine avait d'étranges faiblesses...

Pendant ses études, la jeune femme avait effectué un stage dans un service psychiatrique, ce qui lui permettait de détecter chez le truand un cas de dédoublement de personnalité.

Chez Melville, la sensibilité et la cruauté prenaient à tour de rôle, le dessus.

A mesure que passaient les minutes, l'atmosphère du pavillon de chasse s'alourdissait. Chacun de son côté, Patricia et Antoine se posaient des questions. Comment allaient-ils se sortir de cette aventure ?

La jeune femme pensait avec angoisse à ses filles et à Eric. Elle continuait de s'interroger sur les raisons qui avaient pu déterminer le médecin à lui téléphoner. C'était sans nul doute une tentative pour la faire partir de la Haute-Folie, mais qui l'avait suggérée à Eric ?

Elle sursauta. Melville venait de pousser un soupir qui ressemblait à un rugissement.

— Petit oiseau, qui ne sera jamais des îles... prononça-t-il, soudain rêveur. Je le regrette. Vous aurez été une jolie page de ma vie. Vous resterez sans doute mon souvenir le plus frais. Et je serai le souvenir le plus passionnant de votre existence. Ce n'est pas donné à tout le monde d'être l'otage d'Antoine Melville !

— Vous estimez que je suis en train de vivre des minutes passionnantes ? Je les trouve plutôt angoissantes.

— Je ne vous ferai pas de mal, répéta-t-il avec une sincérité qui ne laissait aucun doute. Si tout marche comme je l'ai prévu, vous serez libre avant minuit. Et dans quelques années, quand on aura fait un film sur ma vie, vous direz fièrement à vos filles, en le regardant à la télévision : « le « papa » que je vous avais amené pour Noël, c'était lui... » Une grande vedette vous incarnera. L'auteur du film vous prêtera des sentiments et des réactions sublimes, qui feront de vous une héroïne dans l'esprit des Français moyens. Grâce à moi, vous entrerez dans la légende...

Patricia se recroquevilla dans son fauteuil. Antoine était de nouveau en pleine mégalomanie.

Maintenant, la jeune femme était certaine que cet homme souffrait par moments d'un certain déséquilibre. Ses brusques changements d'attitude, ses réactions brutales ou d'un romantisme absurde, en étaient la preuve.

Le tête-à-tête devenait de plus en plus pesant. Au moindre bruit, Melville tressaillait, retenait son souffle, et ses mains se crispaient sur la carabine. Dehors, il pleuvait. Une pluie que le vent poussait par rafales contre les volets.

— Va dans la cuisine, ordonna soudain Antoine. Prépare-nous des sandwiches : il y a du pâté et de la viande froide dans le réfrigérateur.

Docile en apparence, la jeune femme se leva et traversa lentement la salle de séjour.

Elle ne se pressait pas, afin de mettre au point le projet qui venait de naître dans son esprit.

Sauter par la fenêtre et disparaître dans la nuit. Oui, mais comment ouvrir les volets sans attirer l'attention de Melville ? S'il y avait une clé ou un verrou à la porte de la cuisine, elle pourrait essayer de s'enfermer discrètement, puis de se ruer sur la fenêtre avant qu'Antoine n'ait eu le temps de réagir...

Patricia avait sous-estimé son adversaire.

— Pas question de te sauver, petit oiseau, je t'accompagne, dit-il en la rejoignant.

Résignée, la jeune femme confectionna les sandwiches et retourna dans le living.

L'attente, les dangers que pressentait Melville n'avaient pas coupé son appétit.

— Vous avez tort de ne pas m'imiter, dit-il en se servant un verre de bordeaux. Mes amis ne devraient plus tarder et nous allons partir dès qu'ils seront là. Si vous mangiez quelque chose, vous seriez plus en forme pour conduire.

Le truand achevait à peine sa phrase qu'un bruit de moteur l'immobilisa. Il plissa les yeux, tandis qu'il prononçait un peu plus bas, mais sans trace d'émotion :

— Ce n'est pas une R-16 mais une Simca 1100. Taisez-vous et ne bougez pas.

Patricia et Melville entendirent la voiture s'arrêter devant le perron. Puis une portière claqua, il y eut quelques pas sur le gravier et enfin un coup de sonnette retentit dans le vestibule.

— Un homme seul, murmura Antoine sans faire un mouvement.

Au bout d'une minute, on sonna de nouveau.

— Ouvrez, Melville. Je suis le docteur Fontaine, je viens chercher Patricia.

— Eric ! cria malgré elle la jeune femme.

Antoine s'était levé, le menton agité d'un léger tremblement.

— Foutez le camp ! hurla-t-il.

— Ouvrez, bon sang ! reprit Fontaine. J'ai à vous parler. La police a arrêté vos complices... Bientôt, la maison sera cernée.

Tenant son fusil braqué sur l'infirmière, Antoine ordonna :

— Va près de la porte.

La jeune femme obéit. Quand ils furent dans l'entrée, Melville s'adressa au médecin :

— Patricia va vous ouvrir et vous allez pénétrer dans la maison les mains en l'air. Au moindre geste suspect de votre part, je tire sur votre infirmière. Compris ?

— Soyez tranquille, je ne bougerai pas, mais dépêchez-vous, dans votre intérêt.

Antoine sortit une grosse clé de sa poche et la tendit à Patricia.

— Allez-y, dit-il seulement.

Dès que le lourd battant s'écarta pour lui livrer le passage, Fontaine pénétra dans le vestibule, les mains en l'air, selon les ordres de Melville.

Sans réfléchir, l'infirmière se jeta contre sa poitrine pendant que le gangster refermait la porte à double-tour.

— Oh ! Eric ! gémit-elle en retenant un sanglot.

Oubliant les consignes, Fontaine serra la jeune femme dans ses bras.

— Ma chérie, murmura-t-il en s'efforçant de sourire.

Et il ajouta très vite :

— Les petites sont chez Anne. Elles ne sont au courant de rien.

Melville enfonça le canon de sa carabine dans les reins de Patricia.

— Lâchez-la immédiatement ou je la descends.

Le médecin s'exécuta, mais sans se presser, et en fixant intensément Antoine.

— Je sais que vous êtes un truand, mais vous n'avez pas la réputation de tuer les innocents. Patricia ne vous a rien fait de mal.

— La question n'est pas là, dit Melville en tâtant les poches de Fontaine pour vérifier s'il ne portait pas une arme. Vous êtes venu pour me parler. Alors, il va falloir me déballer votre petite histoire. Mais on sera mieux dans le salon, Patricia va vous montrer le chemin.

Melville fit asseoir l'infirmière et le médecin et s'installa en face d'eux.

— Alors, la police aurait arrêté mes complices, dites-vous ? Et pourquoi ne vous accompagne-t-elle pas ? Toutes les gendarmeries du coin devraient être autour de la maison.

— Parce que j'ai su convaincre le commissaire Capel de me laisser venir en médiateur.

— Capel ! Il est ici ? C'est lui qui m'a découvert ? Mais à quoi rime cette histoire de médiateur ? Il n'a qu'à donner l'assaut avec ses brigades anti-gang... Je les attends tous. Il y aura du sport.

Capel ! Ce nom avait fait « tilt » dans l'esprit de Patricia. C'était le cousin d'Anne, qu'elle avait connu autrefois. De temps à autre, son amie évoquait la brillante carrière du « flic » de sa famille. Mais l'infirmière se garda de montrer sa surprise, tandis que Fontaine insistait auprès d'Antoine :

— Si vous acceptez de vous rendre, le commissaire Capel vous en saura gré. Il ne vous chargera pas auprès du juge d'instruction. En outre, son témoignage sera déterminant à votre procès. Dans moins d'une heure, tous les policiers qui prennent en ce moment position rétréciront leur cercle en s'avançant vers cette maison. Vous n'aurez plus aucune chance de vous en tirer.

Melville eut un bref sourire et étendit les jambes en se carrant dans son fauteuil.

— Je ne suis pas d'accord, j'ai des atouts dans ma manche : vous deux. Quand Capel et ses hommes arriveront, vous sortirez, docteur, tandis que je garderai Patricia en otage. Vous rendrez compte au commissaire de mes exigences : nous laisser partir tous les trois à bord de votre voiture, que vous conduirez vous-même.

— Et si Capel refuse ?

— Ce sera la guerre et vous pourriez la payer de votre vie. Nathalie et Laurence risqueraient de se retrouver complètement orphelines.

— Vous êtes ignoble ! lança Patricia.

Elle était au bord des larmes. Sa main chercha celle d'Eric. Le contact des doigts fermes du médecin lui fit du bien et l'aida à maîtriser la peur qui montait en elle.

— Calmez-vous. Il ne vous arrivera rien, dit Fontaine avec douceur.

— Je l'espère aussi, enchaîna Melville. Vous savez que je ne vous veux aucun mal, petit oiseau. Je vous aime trop pour cela. J'étais sincère, quand je vous exprimais mon désir de vous emmener dans les îles. Vous me préférez ce miteux petit médecin de province. Dans ces conditions, je joue mon propre jeu, je tiens à ma peau...

— Puisque Patricia ne vous est pas indifférente, pourquoi ne pas la laisser quitter cette maison ? Moi, je resterais votre otage, proposa le médecin. Cela ne changera rien au marché que vous avez l'intention de conclure avec le commissaire Capel.

Melville éclata d'un rire de dément.

— Vous plaisantez ! Je ne veux pas que mon petit oiseau s'envole tout seul, comme ça dans la nuit.

Inquiet, Fontaine fronça imperceptiblement les sourcils. Cet homme possédait-il toute sa raison ?

Mais du rire, Antoine était soudain passé à une profonde mélancolie.

— Je désire la présence de Patricia le plus longtemps possible. Quant à votre compagnie, toubib, j'aimerais bien pouvoir m'en passer. Quand je pense que si vous vous en tirez, Patricia deviendra votre femme, cela me donne envie de vous tuer... Il se peut d'ailleurs que je le fasse, un peu plus tard... Nous sommes encore ensemble pour un bout de temps.

Dehors, le vent et la pluie redoublaient de violence. Fontaine consulta sa montre. Ils avaient encore plus d'une demi-heure à attendre avant l'offensive de la police. Le médecin se sentait découragé. Il n'avait su convaincre Melville ni de se rendre, ni de libérer Patricia.

Soudain, au premier étage, un volet se mit à battre furieusement. Le bruit les fit sursauter tous les trois.

— Ces imbéciles d'Alex et de Gaby ne savent même pas fermer convenablement une fenêtre ! grogna Melville. Debout, vous deux, et en vitesse. Nous allons monter barricader tout ça. Ce serait trop bête de laisser une ouverture à la police, d'autant que les volets sont blindés.

Dans sa précipitation, Melville avait oublié sa cheville encore faible. En se levant, il fit un faux mouvement, trébucha et grimaça sous la douleur.

Profitant de cet instant, Fontaine se rua sur lui. D'un coup de tête appliqué à l'endroit encore sensible de la blessure du gangster, il fit basculer celui-ci dans un fauteuil en lui arrachant la carabine des mains.

— Ne bougez plus ! fit le médecin en tenant Melville en joue.

Se souvenant de l'arme dont elle avait été menacée, Patricia prévint Eric :

— Attention ! Il a un revolver dans sa poche.

— Levez-vous et croisez vos mains sur votre tête, ordonna Fontaine au truand.

Melville s'exécuta. Le médecin le fit avancer vers le mur et colla le canon de la carabine contre sa nuque.

— Au moindre geste, je tire, prévint-il, avant d'ordonner à Patricia : Allez chercher l'arme, n'ayez pas peur...

Elle se précipita et s'empara du revolver dans la poche droite du gangster.

— Ouf ! soupira-t-elle en remettant l'arme à Eric.

— Maintenant, vous pouvez aller vous rasseoir dans votre fauteuil, dit le médecin à Melville après avoir également poussé un soupir de soulagement.

— Bien joué, prononça Melville d'un ton grinçant. Le petit docteur n'est pas si miteux que je le pensais. J'aurais dû tout de suite te descendre, mon vieux.

— Je ne pense pas que vous ayez jamais eu l'intention de me tuer, répliqua calmement Fontaine. Vous êtes un orgueilleux mais pas un assassin.

Antoine posa ses yeux sur Patricia qui, haletante, ne se remettait pas encore de ses émotions.

— J'aurais pû être un meurtrier par jalousie, dit-il avec lassitude. Vous allez être heureux, toubib, heureux avec elle et par elle. Cette pensée me fait plus mal que les années de prison qui m'attendent.

— Elle aussi sera heureuse, répliqua le médecin. Si vous aimez Patricia au point que vous le prétendez, c'est son bonheur qui doit compter à vos yeux. Vous devriez savoir perdre.

Melville crispa ses mains sur les bras du fauteuil.

— Avant d'avoir perdu, j'ai failli gagner. Cette naïve infirmière que vous m'avez envoyée, je n'ai d'abord pensé qu'à me servir d'elle. Il me fallait la convaincre de me suivre et surtout d'accepter de se faire virer là-bas une importante somme d'argent que je devais lui remettre. Dans ce dessein, je me suis amusé à la séduire mais je me suis pris à mon propre jeu, je l'ai aimée. Et, sans ce que j'appellerai les bavures de cet après-midi, c'est moi qui aurais eu Patricia.

— C'est faux, protesta Fontaine, conservant mal son sang-froid. C'est moi l'homme dont elle a besoin. J'ai autre chose à lui offrir que la perspective de finir en prison...

— Assez ! cria la jeune femme, à bout de nerfs et saisie d'une brusque colère. Tous les deux, vous êtes en train de parler de moi comme des maquignons. « J'aurais pu l'avoir ! » dit l'un, « c'est moi qui l'ai », réplique l'autre. J'estime que j'ai mon mot à dire dans cette histoire !

Eric prit une mine contrite et Melville s'esclaffa :

— Ah ! le toubib musclé en prend aussi pour

son grade ! Entre nous deux, votre cœur balancerait-il, petit oiseau ?

Exaspéré, le médecin explosa :

— Patricia, si vous me préférez cet homme, dites-le-moi. Je vous donnerai sa carabine, vous pourrez alors la lui rendre. Vous jouerez le jeu de l'otage, vous conduirez ma voiture. La police vous laissera passer...

— Mais vous êtes complètement fou, Eric ! C'est vous que j'aime, protesta la jeune femme. J'avoue que, pendant quelques heures, j'ai été tentée, séduite même par lui. Ou plutôt par une des facettes de sa personnalité. Mais cela n'a pas duré. Avant que je découvre qui il est vraiment. je lui avais déjà signifié que je désirais mettre un terme à nos relations.

— C'est juste, confirma Melville. Elle m'a donné mon congé en me raccompagnant, tout à l'heure.

Il soupira.

— Vous savez, Patricia, je vous dois beaucoup, reprit-il avec une infinie tristesse. Pendant une semaine, il y a eu des instants où votre présence faisait de moi un autre homme. Celui que j'aurais dû être. J'ai été heureux et je vous en remercie. Maintenant, je suis fini. Je n'ai plus envie de rien, pas même de vous. Au fond, vous n'êtes pour moi qu'un accident de parcours.

La désespérance qui perçait dans les paroles d'Antoine souleva une grande pitié dans le cœur de la jeune femme.

— Rien n'est tout à fait perdu, vous n'avez tué personne...

— Si, moi-même, avoua-t-il presque tout bas.

— Mais non. L'homme que vous auriez dû être existe. Quelques années de réflexion peuvent le faire renaître.

— Arrêtez-vous, petit oiseau. Vous perdez votre temps. Vous êtes trop gentille avec moi. Si vous voulez vraiment vous montrer charitable, vous pouvez, ainsi que votre toubib, me rendre un grand service.

Patricia et Fontaine se consultèrent du regard.

— Oui. Si vous n'êtes pas trop exigeant, dit Eric. Il y a des limites que nous ne pouvons dépasser.

— Je le sais, répondit Melville. Dans combien de temps la police va-t-elle investir la maison ?

— Environ un quart d'heure.

— Eh bien, j'aimerais que vous partiez immédiatement tous les deux. J'attendrai seul que Capel vienne m'arrêter. Je ne souhaite pas que Patricia assiste à cela et surtout pas qu'elle me voie les menottes aux poignets. Je tiens à ce qu'elle garde un autre souvenir de moi.

Et il ajouta avec un rire qui sonnait faux :

— C'est une question de dignité.

— J'accepte volontiers, dit Eric spontanément.

Sortir Patricia de cette maison était le principal objectif du médecin, qui souffrit encore de jalousie, lorsqu'il vit la jeune femme et Antoine se fixer intensément. Mais l'infirmière se détourna en lui offrant un visage libéré, transfiguré, et il comprit qu'il s'agissait d'un adieu définitif.

— Vous avez raison, Eric, nous n'avons plus rien à faire ici, prononça-t-elle.

— Partez, mais partez donc, cria Melville en jetant la grosse clé de la porte d'entrée aux pieds de la jeune femme.

Fontaine se rembrunit et fit signe à Patricia de le précéder.

L'infirmière attrapa son manteau, qu'elle avait laissé sur un fauteuil, et se dirigea vers le vestibule.

— Dépêchons-nous, murmura Eric. Je crains qu'il ne sombre dans une crise de folie.

En effet, tandis que Patricia manœuvrait le lourd battant, Melville se mit à prononcer des mots sans suite.

Ils coururent jusqu'à la voiture. Quand Eric tourna la clé de contact, Antoine surgit dans la lumière du perron, un fusil de chasse à la main.

— Nous avons oublié de le retirer du râtelier, souffla Patricia.

— Tant pis, dit Fontaine en appuyant à fond sur l'accélérateur.

La Simca bondit en avant. En même temps, deux coups de feu éclatèrent.

— Je vous hais tous ! hurlait Melville.

Quelques plombs criblèrent le coffre arrière de la voiture, sans atteindre les passagers.

Dans le rétroviseur, Eric et Patricia, le cœur

serré, emportèrent l'image d'Antoine, gesticulant dans la tempête.

Puis, de toutes parts, des lumières jaillirent. Ils arrivaient devant le barrage de police. Eric ralentit et stoppa face à la voiture de Capel.

Aussitôt, une demi-douzaine de policiers armés jusqu'aux dents les environnèrent.

— Nous sommes seuls, Patricia et moi, cria le médecin au commissaire qui s'avançait lentement, revolver en main. Melville est resté dans le pavillon. Il est en pleine crise de démence et se trouve en possession d'un fusil de chasse...

— Descendez, nous nous expliquerons ensuite, ordonna Capel, craignant un piège.

La jeune femme et le médecin obéirent. Dès qu'ils mirent pied à terre, les policiers s'engouffrèrent dans la Simca pour vérifier si Melville ne s'y dissimulait pas.

— Bravo, toubib. Vous avez gagné, dit avec soulagement Henri Capel.

Et, s'adressant à Patricia, il poursuivit en souriant :

— Je ne pensais pas vous revoir dans de telles circonstances. Vous n'avez pas changé, toujours aussi belle. Allez vous asseoir dans ma voiture où se trouve Taverny, à qui j'ai interdit de bouger sous aucun prétexte. Il va vous raccompagner chez Anne. Le Dr Fontaine vous rejoindra avec moi dans quelques instants. Soyez tranquille, je ne le garderai pas longtemps. J'ai quelques questions à lui poser pour m'aider à mettre la main sur Melville sans trop de casse.

— Henri, je vous en supplie, veillez sur Eric, balbutia la jeune femme.

Epuisée, elle vacillait. Le médecin la prit par la taille et la conduisit jusqu'à la G. S. où Jacques Taverny venait de descendre.

— Patricia ! Eric ! Comme je suis heureux ! s'exclama le mari d'Anne. Je viens de passer des minutes affreuses... J'ai eu tellement peur pour vous deux...

— Tout va bien, assura Fontaine, coupant court au flot de paroles de Jacques. Emmène Patricia chez toi, elle a besoin de se reposer.

La jeune femme se laissa installer sur le siège avant. Elle paraissait incapable de toute réaction. Toutefois, lorsque le médecin lui dit : « A tout à l'heure, ce ne sera pas long, elle tressaillit et retint la portière que Fontaine allait fermer.

— Tu ne m'embrasses même pas ? protesta-t-elle.

Eric rougit, hésita une seconde, puis il prit le visage de la jeune femme entre ses mains :

— Chérie, murmura-t-il en se penchant sur ses lèvres.

Discrètement, Taverny regardait la pluie ruisseler sur le pare-brise. Le baiser s'éternisait et Capel, pressé d'en finir, tapota l'épaule du médecin.

— Eh ! mon vieux, ce n'est pas le moment. J'ai

besoin de vous pendant dix minutes. Après, elle vous aura pour la vie.

Fontaine se redressa. Patricia lui sourit et prononça de tout son cœur :

— Je t'aime...

Le rire joyeux du médecin retentit comme une merveilleuse musique aux oreilles de la jeune femme.

***

Vingt minutes plus tard, en voyant arriver Patricia et son « Minou », Anne pleura presque de joie.

— Mais où est Eric ? s'inquiéta-t-elle. Il n'est pas blessé, au moins ?

— Non, répondit Taverny. Ton cousin l'a gardé auprès de lui pour qu'il lui donne des renseignements sur la disposition des pièces de la maison, au cas où il faudrait donner l'assaut. Henri compte aussi sur Eric pour essayer de raisonner Melville et l'engager à se rendre. De toute façon, il est décidé à en finir vite.

— Venez vous asseoir, vous devez être crevés, surtout toi, Patricia. Les filles regardent un film à la télé. Nathalie commence à trouver bizarre qu'on les installe sans arrêt devant le petit écran. D'habitude, elles ont dîné et elles sont couchées, à cette heure-ci...

L'infirmière se précipita pour aller embrasser les petites. Plusieurs fois, au cours de cette terrible soirée, elle avait cru ne jamais les revoir.

— Comme tu es pâle, maman ! s'exclama l'aînée.

— Oui, tu es toute blanche ! renchérit Laurence.

— Ce n'est pas grave, mes chéries. Je vais bientôt retrouver mes couleurs, promit-elle en les serrant très fort contre sa poitrine. J'ai eu peur. Je vous expliquerai plus tard. J'ai rencontré un vilain Croquemitaine... Il voulait me garder dans sa maison...

Les filles ouvrirent de grands yeux. Qu'est-ce que leur mère racontait là ? D'abord, le Croquemitaine n'existait pas, elles le savaient, et si elles faisaient semblant d'y croire, c'était par jeu.

— Le Croquemitaine, ce ne serait pas Antoine ? questionna Nathalie.

— La vérité sort de la bouche des enfants, constata Anne Taverny en prenant son amie par le bras et en l'entraînant.

— Viens prendre un café dans la cuisine. Jacques est en train d'en faire. Moi, je vais achever de préparer le dîner. J'espère qu'Eric et Henri ne vont pas tarder à nous rejoindre.

Patricia commençait à récupérer. Toutefois, elle savait qu'elle ne retrouverait pas sa tranquillité avant le retour d'Eric.

Installée devant une tasse fumante, elle raconta à ses amis comment Fontaine avait maîtrisé Melville.

— Il a été sensationnel. Je me demande pourquoi j'étais si désagréable avec lui, avant... Pourtant, je l'aimais déjà, sans m'en rendre compte.

— C'est possible, approuva Anne, imperturbable.

— Ah ! Bon, tant mieux ! fit Jacques, médusé et n'en croyant pas ses oreilles.

— Mais oui, ils s'aimaient tous les deux et ne voulaient pas le reconnaître, expliqua Anne à son mari.

L'infirmière poursuivit son récit, et quand elle eut fini, elle conclut :

— Ton cousin Capel est un policier de grande valeur. Je ne l'ai pas tout de suite reconnu mais lui il ne m'avait pas oubliée. C'est une drôle de coïncidence qu'il ait été chargé de cette affaire. Melville se croyait à l'abri de la police. Il prétendait que nul ne pourrait l'identifier dans l'enlèvement de Salbert, mais comme il est à moitié fou...

— A moitié fou, peut-être. Cependant, d'après ce que m'a raconté Henri, c'est grâce à Anne que le mystère a été résolu, révéla Taverny.

— Grâce à moi ! s'exclama la jeune femme. C'est vrai, il me l'a laissé entendre tout à l'heure...

— Oui, affirma Jacques. Anne a téléphoné à son cousin pour avoir des renseignements sur Melville. C'était mercredi dernier, quand vous êtes allées ensemble à Evreux. Tu ne savais rien de lui et tu paraissais un peu trop emballée,

Patricia. Capel m'a raconté que l'histoire de l'Alfa-Roméo, votre passage au Perroquet, la blessure de Melville, son comportement à la Haute-Folie, tout cela l'avait intrigué, d'autant que le bar du Perroquet est connu de la police. Henri a fait surveiller l'établissement, et la brigade d'Evreux a arrêté ce fameux Paulo qui s'y était procuré de faux passeports pour Melville et ses complices. Paulo a tout avoué, vous connaissez la suite...

Patricia était stupéfaite. Anne, aussi, était un peu étonnée.

— Je comprends enfin pourquoi, en venant me voir samedi, Henri m'a posé des tas de questions et m'a dit qu'il aimerait que rien de fâcheux n'arrivât à Patricia. Il était déjà sur la piste de Melville.

Elle s'interrompit, prêta l'oreille, ainsi que Jacques et Patricia. Une voiture venait de stopper devant la maison. Deux portières claquèrent et des pas précipités retentirent sur le trottoir.

— Ce sont eux, dit l'infirmière en courant vers la porte.

Elle ouvrit : Eric était là, devant elle, un peu las, mais le sourire aux lèvres. Elle se jeta dans ses bras pendant que Capel annonçait :

— Tout va bien. Heureusement, Melville n'avait plus de cartouches. Il s'est rendu gentiment, tout en proclamant qu'il était le plus grand truand de la terre et qu'il ne resterait pas longtemps en prison. On va commencer par le faire examiner par des psychiatres. Ensuite, on verra.

Nathalie et Laurence, qui avaient abandonné la télé, contemplaient avec intérêt leur mère et le médecin étroitement enlacés.

— Dis, maman, c'est encore Noël ce soir ? questionna l'aînée.

— Oui. Mais pourquoi, ma chérie ? s'étonna Patricia en s'écartant un peu de Fontaine.

— Parce que c'est Eric qu'on voulait comme « papa » pour Noël. Comme tu te disputes toujours avec lui, on n'a pas osé t'en parler. Ça ne fait rien, on l'a pour dîner, au lieu de déjeuner.

— Eric, tu vas rester avec nous tout le temps ? demanda Laurence.

— Oui ! affirmèrent le médecin et l'infirmière.

— Chic. Comme ça, on aura un papa pour toujours... conclut Nathalie, satisfaite.

du même auteur

à la Librairie Jules TALLANDIER
17, rue Remy-Dumoncel - Paris 14°

Opération cœur perdu
(Prix du Roman Populaire).

Il n'est jamais trop tard.

Dame de cœur et femme de tête.

Les Chemins d'un amour.

L'Eclatante revanche.

Reviens, Juliana.

Pour vivre notre amour.

Dans la collection « Floralies » :

Plaidoyer pour un amour.

ACHEVÉ D'IMPRIMER
LE 25 OCTOBRE 1978
SUR LES PRESSES
DE L'IMPRIMERIE JOUVE
A PARIS

DÉPÔT LÉGAL : 4e TRIMESTRE 1978

N° D'ÉDITEUR : 172. — N° D'IMPRIMEUR : 6232

ISBN 2-235-00596-9 relié